POURQUOI
COURS-TU
COMME ÇA ?

PATRICK DION

JULIE GRAVEL–RICHARD

MICHEL JEAN

MARIE JOSÉE TURGEON

NATHALIE ROY

JACINTHE PARENTEAU

FLORENCE MENEY

PATRICE GODIN

POURQUOI COURS-TU COMME ÇA ?

Une société de Québecor Média

Catalogage avant publication de Bibliothèque et Archives nationales du Québec et Bibliothèque et Archives Canada

Vedette principale au titre :
  Pourquoi cours-tu comme ça?
  ISBN 978-2-7604-1161-6
  1. Nouvelles québécoises - 21e siècle. 2. Course à pied - Romans, nouvelles, etc.
I. Dion, Patrick, 1968- .

PS8323.R85P68 2014   C843'.01083579   C2014-941567-2
PS9323.R85P68 2014

Édition : Johanne Guay
Révision linguistique : Isabelle Lalonde
Correction d'épreuves : Gervaise Delmas
Couverture et grille graphique intérieure : Chantal Boyer
Mise en pages : Annie Courtemanche
Illustration de couverture : Jasmin Guérard-Alie

Cet ouvrage est une œuvre de fiction ; toute ressemblance avec des personnes ou des faits réels n'est que pure coïncidence.

Remerciements
Nous reconnaissons l'aide financière du gouvernement du Canada par l'entremise du Fonds du livre du Canada pour nos activités d'édition.
Nous remercions le Conseil des Arts du Canada et la Société de développement des entreprises culturelles du Québec (SODEC) du soutien accordé à notre programme de publication.
Gouvernement du Québec – Programme de crédit d'impôt pour l'édition de livres – gestion SODEC.

Les Éditions internationales Alain Stanké
Groupe Librex inc.
Une société de Québecor Média
La Tourelle
1055, boul. René-Lévesque Est
Bureau 300
Montréal (Québec) H2L 4S5
Tél. : 514 849-5259
Téléc. : 514 849-1388
www.edstanke.com

Dépôt légal – Bibliothèque et Archives nationales du Québec et Bibliothèque et Archives Canada, 2014

ISBN : 978-2-7604-1161-6

Distribution au Canada
Messageries ADP inc.
2315, rue de la Province
Longueuil (Québec) J4G 1G4
Tél. : 450 640-1234
Sans frais : 1 800 771-3022
www.messageries-adp.com

Diffusion hors Canada
Interforum
Immeuble Paryseine
3, allée de la Seine
F-94854 Ivry-sur-Seine Cedex
Tél. : 33 (0) 1 49 59 10 10
www.interforum.fr

SOMMAIRE

LA COURSE EN JUILLET

Jules Juillet est un enfant comme les autres. Enfin, autant qu'un enfant puisse être comme les autres. Tant d'unicités coincées dans la similitude. À l'automne de ses treize ans, il termine sa sixième année, période charnière de la vie, étape où les dernières parcelles de l'enfance explosent dans un chaos assourdissant (à l'image de leur chambre). Pour lui, il était moins une. Pour son équilibre psychologique. Les jeunes adolescents ne sont pas à l'abri des maladies mentales. L'âme, à cet âge, est directement connectée à la tête. Devenu la tête de Turc, celui qu'on pointe du doigt ou du poing, Jules mesurait son salut en grains de sable qui s'écoulent dans le calendrier pédagogique. Un à un, il les a comptés, pesés et jetés, en espérant que le suivant passe mieux. Une pierre au rein scolaire. Il y a des enfants sur qui la détresse s'accroche et s'agglutine. C'est lorsqu'on s'en débarrasse, à l'âge adulte, que l'on constate à quel point elle traîne avec elle de longs lambeaux d'amour-propre encore saignants. La seule explication plausible est la méchanceté innée chez l'homme, sinon que le malheur colle plus à certaines peaux qu'à d'autres.

Comme je le disais, Jules Juillet est un enfant comme les autres. Pas beau, pas laid, pas grand, pas petit. Normal, dans la mesure où la normalité est possible. Le seul petit son de cloche discordant avec le corps de Jules est ses pieds. De prime abord, cela peut sembler ridicule. Personne ne regarde vers le bas pour examiner les pattes de ses semblables. Personne hormis les enfants un peu méchants, qui regardent partout, surtout là où ça fait mal. Voyez-vous, les pieds de Jules ne sont pas assez plats. Ce qui est ironique quand même quand on sait que, s'ils l'avaient été, Jules aurait été malgré tout la risée de ses camarades de classe. Dans le cas présent, sa démarche angulaire le trahit lorsqu'il foule les lignes ennemies. Orteils au garde-à-vous, plante arquée, talon relevé en menton effronté, tendons aux aguets. Position précaire pour aller de l'avant. Pronation, supination, punition.

Jules marche sur la pointe des pieds. Oh, ça ne paraît pas beaucoup! Juste assez pour que ses compagnons trouvent en lui le salut de leurs propres faiblesses. Ballerine, que les fanfarons l'appellent. Ballerine, et tout ce qui s'y rattache: Valseuse, Miss Tutu, Tapette en collant. Des méchancetés qui blessent, surtout lorsqu'elles sont accompagnées de ruades et de claques. Comment rester de glace devant tant d'infamie? Ses parents ont bien essayé de le guérir de cette vilaine imperfection. Mais, malgré les nombreuses visites chez le podiatre, malgré les prothèses et les orthèses, les rayons X et les réclamations d'assurance, malgré les multiples rappels à l'ordre, Jules marche toujours sur le bout des orteils. Le problème ne semble pas être physique, pourtant. En fin de compte, votre humble narrateur croit que Jules tente de prendre le moins de place possible dans la vie.

Mais, aujourd'hui, c'est la fin des classes. Le calvaire se termine. C'est la fin de l'année scolaire, du primaire, des moqueries, des attaques et de la tourmente. On ferme le casier une fois pour toutes, on met le cadenas dans le sac, on jette la clé au loin et on tourne le dos au passé, sans penser à ce qui nous attend en septembre, à l'entrée au secondaire. *Second world problems.* Est-ce que ça peut être pire?

Au son de la cloche, en mettant les pieds dans la rue, Jules ne chantera pas, à l'instar de ses camarades:

«Vive les vacances

Au yable les pénitences

On met l'école en feu pis les profs dans le milieu

L'école est à vendre

Les profs sont à louer

Si on revient au mois de septembre, c'est pour les écœurer. »

Non, pas de chanson pour Jules. Parce qu'il est seul, qu'il ne reviendra pas en septembre et qu'il n'écœure personne non plus. Mais si la chanson *Bon débarras* existait, il la chanterait sûrement.

Comment envisage-t-on un été, au crépuscule de l'enfance, lorsqu'on est laissé à soi-même? Même le salvateur écran cathodique ne peut être d'aucun secours. Pour une semaine, peut-être. Deux à la limite. Mais, à un moment donné, il faut bouger, sortir de sa torpeur et du cercle vicieux de la paresse. Parce qu'une fois le pied pris dans l'engrenage, il n'y a pas de porte de sortie, aussi arqué soit-il.

Au début des vacances, Jules fait le pari de sortir de la maison. D'errance en errance, il aboutit au parc Père-Marquette, là où les enfants dits «conformes» vont se rouler dans le gazon ou s'administrer des baffes en *gang*; là où certains perdent leur virginité amoureuse comme d'autres prennent leur première brosse au vin *cheap*; là, surtout, où, lorsque le soleil estival darde ses rayons avec force, les camps de jour se remplissent d'hyperactifs qui explosent en hormones effervescentes. Pour l'instant, Jules épie en silence ces sportifs amateurs et ces aventuriers en herbe (pour autant qu'examiner des vers de terre soit une aventure). Vous vous en doutez, Jules ne veut surtout pas se mêler aux autres. Parce que se mêler aux autres est dangereux. Ça irrite, ça brûle et ça fait mal. De longs jours durant, Jules espionnera de loin, discrètement. Des jours calmes et plats, des jours qui ressemblent un peu à sa vie.

Finalement, parce que ce genre de choses n'arrive pas que dans les histoires, son destin bascule. Quelqu'un au loin le remarque. Roby Toussaint. Je trouve toujours incroyable que certains parents affublent leurs enfants de noms ridicules : Rose Lafleur, Jean Bonneau, Agathe Pichette. C'est à croire qu'ils ne prononcent jamais le nom de leur enfant à voix haute avant de les nommer. Mais bon, je m'égare.

Revenons à Roby Toussaint, que les enfants surnomment Tientatuk. Cette manie de trouver un surnom à coucher dehors aux moniteurs des camps de jour est tout aussi absurde, mais si je m'appelais Roby Toussaint, je préférerais qu'on m'appelle Tientatuk. Roby n'est pas n'importe qui. C'est le moniteur du groupe des douze ans et plus, le *coach* de service, l'homme à tout faire estival, celui qui distribue les ballons, les bâtons et les encouragements. Celui à qui revient la tâche ingrate d'aimer ces morveux qui en ont tant besoin.

Alors que Jules s'amourache d'un arbrisseau en enviant secrètement le bonheur des autres enfants qui s'affrontent dans une partie de kickball, Tientatuk l'interpelle.

— Eille! Oui, toi là-bas. Tu veux jouer avec nous?

L'offre est refusée par un Jules qui règle son sort et celui de la providence par la fuite. On ne brise pas de solides habitudes. Mais ça n'empêche pas notre apprenti guerrier de retourner au parc le lendemain, le surlendemain et les jours qui suivent, et de se camoufler derrière son buisson de fortune. Roby le repère chaque fois mais n'en fait pas de cas. Cloîtrés dans le silence des bêtes qui s'apprivoisent, les deux protagonistes se jaugent, se mesurent, s'évaluent. Tientatuk est très conscient des tenants et aboutissants de cette partie d'échecs. Il y a de ces choses qui se savent.

De fil en aiguille, à petits pas de géant, Jules s'approche du terrain de jeu et, par le fait même, de sa destinée. Il prend place dans les gradins. Il n'y a rien à craindre, une clôture le sépare de la vraie vie. Mais rien n'arrête Tientatuk, qui possède des munitions et qui sait s'en servir. Il dégaine.

— Salut.

Bang! Le projectile frappe sa cible et Jules regarde autour de lui, atteint, ébranlé. Pas moyen de fuir. Obligé de répondre, Jules ne le fait que d'un très mince filet de voix. Surtout, prendre le moins d'air possible. Inspiration.

— Salut.

— Tu veux jouer avec nous?

— Non merci, monsieur.

— Enwèye donc, il nous manque un joueur.

— Non, non, c'est correct.

— Comme tu veux.

Il ne faut pas brusquer la chrysalide qui éclot. Tientatuk reprend sa place au monticule. C'est lui le lanceur, l'initiateur de tout. Il fait rouler le ballon jusqu'au botteur. Le jeune garçon au marbre s'élance et fend l'air d'un coup de pied qui propulse la sphère caoutchoutée à l'extrémité du champ centre. L'équipe adverse, en panique, éparpille ses joueurs sur le terrain pour contrecarrer l'attaque, mais le botteur vedette fait rapidement le tour des buts. Il a même un peu de temps pour faire le fanfaron, exécutant des pas de danse entre le troisième coussin et le marbre.

— C'est un coup de circuit! s'époumone Tientatuk en imitant une foule en liesse alors que notre Gary Carter du kickball lève les bras en signe de victoire.

Les joueurs acclament leur héros et l'équipe adverse se bidonne devant l'imitation parfaite de Roby. On se fait des *high five*, on saute en l'air, on est les rois du monde. Ces gestes banals font sourire Jules, qui se met à rêver d'ovations similaires, qui réussissent à se faufiler jusqu'à son cœur en semant une formidable graine d'espoir. Tientatuk est sûrement au diapason, car il réitère sa question :

— T'es sûr que tu veux pas essayer ?

Ça ne prenait que ce tout petit souffle dans le dos pour que Jules se lève. Une simple voile peut emporter les plus grands navires au loin. Tientatuk invite Jules à prendre place au marbre. Les pieds bien ancrés dans le sable, le garçon attend impatiemment que le ballon roule vers lui. La Terre s'apprête à changer d'axe. Roulement, décélération, arrêt sur image. Tientatuk s'élance : un tir parfait, un roulement à billes, une trajectoire idéale, un glissement subtil. Jules prend son élan et assène un violent coup de pied au ballon, qui part en flèche vers le fond du terrain. Le ballon a des ailes, comme le casque d'Astérix, comme celui du bonhomme des fleuristes FTD, comme quelqu'un qui vient de boire un Red Bull. Le sourire de Tientatuk s'élargit. Il suit le mouvement des troupes qui courent pour rattraper la boule qui quitte l'orbite. D'accord, ce n'est pas un grand chelem. Mais c'est un pas gigantesque dans la vie d'une toute petite personne. Alors que Tientatuk tourne la tête pour admirer la fierté de Jules, il constate avec stupéfaction que ce dernier a déjà franchi le deuxième but, courant comme s'il n'y avait pas de lendemain. Éberlué, le jeune entraîneur suit le mouvement des jambes de Jules : des pas fluides, aériens, des pieds qui se déposent parfaitement sur le sol. Dans un ordre parfait, phalanges, métatarses, cunéiformes, naviculaires et cuboïdes foulent le sol et ondoient sur la surface du terrain, en parfaite harmonie. C'est à ce moment-là que tout se déclenche dans la tête de Roby. Un plan parfait se dresse, un échafaudage solide se monte. Roby Toussaint, dit Tientatuk, *coach*, entraîneur, aventurier et athlète par procuration, voit dans les pas de ce jeune garçon ceux d'un coureur parfait. Comme il en a rarement vu. Roby sort de sa torpeur alors que Jules franchit le marbre. C'est qu'il court vite, le sacripant, très vite. Presque assez vite pour avoir le temps de faire deux fois le tour du diamant de sable. Tientatuk ramasse sa mâchoire qui choit par terre et s'approche du jeune prodige. La Terre pivote en sens inverse et reprend sa vitesse de croisière. Plus rien ne sera pareil.

— Sais-tu que je n'ai jamais vu quelqu'un courir comme tu le fais?

— Qu'est-ce que vous voulez dire?

— Lâche-moi le « vous », s'il te plaît. Je m'appelle Roby, mais tout le monde m'appelle Tientatuk.

— Moi, c'est Jules.

— Ça fait longtemps que tu cours comme ça?

— Je ne cours pas vraiment, monsieur Tientatuk.

— Ah non? Tu penses que tu fais quoi, alors? Tu cours vite. Vraiment, vraiment vite. T'as jamais pensé faire partie d'un club de course, Jules?

— Non, monsieur.

— Tu devrais. Je m'occupe justement d'un club dans Rosemont. Ça te tenterait de venir courir avec nous? J'aimerais vraiment ça.

— Je suis pas certain que ce soit une bonne idée. Je pense pas que mes parents voudraient non plus.

— Si tu veux, je peux leur en parler pour toi.

Pas moyen de s'en sortir. Pauvre Jules, le voilà confronté à son propre talent et à la fragilité de l'Univers. Il convient avec Roby d'une rencontre le soir même chez lui. La suite de la journée se déroule sous le signe de la nouveauté. Nouvelle partie, nouveaux amis, nouveaux coups de pied (sur le ballon et dans le derrière), nouvelles courses, nouvelles craintes des lendemains inconnus. Le temps fuit. Lorsqu'on est bien, on souhaite souvent que le temps s'arrête. Comme un *fix* sans fin. J'imagine que c'est de là que vient l'expression «fixer le temps». Malheureusement, il est aussi une drogue qui s'égraine trop vite. Toute bonne chose a une fin. Mais, pour Jules, toute bonne chose a maintenant un début.

La rencontre entre Roby et les parents de Jules a finalement lieu en fin de journée. Ces derniers sont les premiers surpris du talent caché de Jules. Après que tout a été fait pour cacher cette tare, qui aurait cru qu'elle serait salvatrice? Ils ne peuvent faire autrement que de donner leur accord, si, bien sûr, c'est ce que Jules souhaite (il le souhaite, ne craignez rien). La compétition est saine lorsqu'elle est voulue. Combien de parents poussent leur progéniture dans la fosse de la réussite parce qu'ils regrettent de ne pas avoir réussi eux-mêmes? Combien d'enfants envoyons-nous malheureusement à l'abattoir du succès?

On a beau avoir des jambes de feu ou une technique naturelle, la course s'apprend comme la vie: un pas à la fois. La première course de Jules n'a donc pas lieu sur une piste d'athlétisme mais autour du pâté de maisons, au lever du jour. Le garçon apprend que la course, c'est plus que de la vitesse et de l'endurance. C'est aussi avoir du cœur (dans tous les sens du terme), de la patience et de la volonté. C'est avoir une tête de cochon lorsque, bien emmitouflé dans ses draps au petit matin, on décide quand même de se lever. C'est répéter le rituel les jours suivants, même si le corps malmené par les courbatures répond par la négative. C'est maintenir le cap lorsque la charpente vacille et que tous les muscles, nerfs, tendons et os se révoltent aux premiers assauts. La course, il faut d'abord et avant tout l'apprivoiser, apprendre à l'aimer. Parce que cet amour est rarement immédiat. Que de souffrances à endurer avant que les endorphines emportent le coureur dans un premier moment d'extase! L'euphorie du dépassement n'est pas innée ni automatique. Pour la plupart des coureurs qui débutent, elle ne se pointe que lorsque les fesses s'écrasent sur la chaise et que tout mouvement s'arrête. Jules s'en aperçoit assez vite. Son corps entier crie dès les premiers kilomètres. Mais, au fil des jours, il s'acclimate à la rigueur athlétique. Les jeunes mécaniques s'adaptent honteusement aux affronts de la gravité.

De kilomètre en kilomètre, le jeune prodige prend confiance en lui. Il sait, il sent que sa structure se renforce, que sa mécanique se solidifie, que ses pulsations cardiaques dégringolent, que le mental prend le contrôle du physique. Jules ne fait maintenant qu'un avec la course. Il n'est plus le même garçon. Ses parents le constatent, quelque chose a changé en lui. Un soir, ses efforts sont récompensés par une boîte en carton toute simple qui trône sur la table de cuisine.

— C'est quoi ça ? s'enquiert-il.

— Ouvre-la, tu vas voir.

Jules défait le paquet doucement, comme s'il avait peur de briser quelque chose, le contenu ou ses rêves. Son cœur s'emballe à la vue d'une nouvelle paire de chaussures de course blanc, bleu et argent. Des Puma tout neufs. Des souliers de grands athlètes : Usain Bolt, Tyson Gay, Yohan Blake.

— Ah, wow ! Merci, p'pa, merci, m'man.

— Tu peux aller les essayer tout de suite si tu veux.

En les enfilant, Jules se rappelle quand il était enfant. Un vrai de vrai enfant. Quand les aspirations n'étaient pas encore écorchées par l'abrupte réalité. Chaque paire de chaussures de course neuves était une nouvelle aventure. Il les chaussait pour les tester, pour savoir si elles couraient plus vite que les anciennes. C'était toujours le cas. Il y a quelque chose de fabuleux et de magique dans le tissu qui compose ces espadrilles. Il est fait du matériau des renouveaux.

Puis, un jour, Roby sent que son élève est prêt à affronter la piste et, surtout, le regard des autres. Pas que les gens du club soient méchants. Au contraire, l'athlétisme a la particularité d'être un sport solitaire qui se pratique en équipe. Quiconque court sait que la plus grande poussée se cache souvent dans le plus petit encouragement. Mais Roby sait que la coque de notre nouveau *sprinter* est friable. Il faut parfois provoquer le destin et c'est ce que Tientatuk fait, en n'oubliant pas qu'il ne faut jamais pousser qui que ce soit, surtout quand il court.

Le dimanche 15 juillet, en matinée, Jules chausse ses espadrilles qui sentent encore le neuf et va à la rencontre de son entraîneur à la piste du parc Étienne-Desmarteau. C'est aujourd'hui le grand jour, celui où les barrières tombent. Une chance que notre coureur en herbe ne fait pas de course à obstacles. Jules est craintif. De la course, des gens du club, de ses démons. Mais il se sent prêt. Enfin, autant qu'on peut l'être du haut de ses treize ans (en mesure de candeur, c'est très haut). Ceinte d'arbres, la piste baigne dans la quiétude. On dirait qu'elle est perdue en pleine nature. Des grappes de gens s'entraînent çà et là, dans la camaraderie des matinées dominicales. Il aperçoit au loin son *coach*, qui prodigue des conseils à quelques jeunes coureurs qui l'écoutent solennellement. Jules s'approche sur la pointe des pieds. Normal, vous me direz, c'est comme ça qu'il marche. Roby le voit apparaître sur la ligne d'horizon, baigné de la lueur matinale, et lui fait signe d'approcher en souriant. Jules hésite.

— Salut, Tientatuk.

Le groupe s'esclaffe et Jules se renfrogne.

— C'est correct, Jules, ici, tu peux m'appeler Roby. Groupe, je vous présente notre nouvelle recrue, Jules Juillet, qui va se joindre à nous pour le 3 000 mètres. Vous allez voir, Jules court vraiment vite. Un vrai Speedy Gonzalez.

En chœur, le groupe salue Jules. Pas de moquerie, pas d'œillade, pas de remarque sur sa démarche. Juste un beau et grand rire sur la dernière remarque de Roby. Un poids énorme quitte les épaules du garçon. Jules a peut-être trouvé sa place après tant d'années. L'entraînement se déroule à merveille. Réchauffement, intervalles, *stop and go*, course. Courir sur une piste est une expérience transcendante pour le jeune homme, qui ne connaissait que la dureté du bitume et des trottoirs. Il a l'impression de bondir entre les enjambées, mû par un ressort invisible, comme si les dieux le poussaient vers l'avant, le portant à chaque pas. Un trampoline mobile soutenu par les membres du club. Jules a l'impression que toutes les composantes de l'engrenage ne tournent que pour lui. Tous, gars et filles, jeunes et vieux, sont franchement surpris de la vitesse folle à laquelle court le jeune homme et l'encouragent à pleins poumons. Son surnom de Speedy Gonzalez lui collera certainement à la peau. Vraiment, cette matinée est incomparable. Tout le monde l'aborde, lui parle, le touche, le questionne. Pour la première fois de sa vie, Jules est le centre d'intérêt, dans le bon sens du terme.

Il poursuit son entraînement de façon quasi quotidienne. Conséquemment, ses temps de course fondent à vue d'œil. Les secondes s'estompent, puis les minutes. Déjà que Jules était rapide, il court maintenant 3 000 mètres en moins de dix minutes et ses nouveaux camarades le considèrent comme une machine. Une machine à défier le temps, peut-être.

Maintenant que Jules est à l'aise sur une piste d'athlétisme, Roby l'invite à délier ses jambes sur les sentiers du parc du Mont-Royal. L'expérience s'avère extraordinaire pour le garçon. Les arbres qui défilent, soldats complices de sa parade militaire, le parfum des feuilles humides à la rosée et le silence enveloppant le transportent dans un monde où tout est parfait. Il n'y a rien de comparable à courir dans la nature. Les foulées sont bien sûr plus difficiles. En montée surtout. À cause du dénivelé, Jules fait la connaissance de muscles jusqu'ici inconnus. Mais le terrain, soyeux, velouté, amortit ses pas et lui donne l'impression de planer entre les foulées. Quelque chose de magique se passe dans son corps. Une allégresse jamais ressentie. Il vit un instant sublime, celui où les muscles oublient la douleur, où l'air frais du matin prend possession de la moindre cavité des poumons, où les pas martèlent le sol en harmonie parfaite avec la tête. Jules est au bon endroit au bon moment, son esprit est en communion avec son corps, qui lui l'est avec la nature. Jules ne fait qu'un avec tout. Roby, de son côté, l'examine, amusé. Il voit le jeune homme passer à une vitesse supérieure, celle de la maturité athlétique, de l'acceptation de soi et de l'éveil des possibilités.

— T'es beau à voir, Jules. As-tu envie d'aller au bout de toi-même? Es-tu prêt à courir dans une vraie compétition?

— Je pense que oui. Tu crois que je le suis?

— Je suis certain que tu l'es. J'ai confiance en toi. Tu es le garçon le plus rapide que je connaisse, Speedy Gonzalez.

— Speedy Gonzalez. *Arriba, arriba, andale!* D'accord, je dis oui.

— Je savais que tu dirais oui. Alors, tant qu'à se lancer, on va aller jusqu'au bout. Je t'ai déjà inscrit aux Jeux du Québec. Je sais, j'aurais dû t'en parler. Mais j'attendais le moment idéal. Et c'est maintenant. J'en ai parlé à tes parents et ils sont d'accord. Je sais que tu es prêt. Je sais aussi que tu es le plus fort, que tu peux gagner et que tu vas adorer te retrouver avec tous ces jeunes qui ont autant de talent que toi.

Jules sait très bien qu'en ayant répondu par l'affirmative il n'y a pas de retour possible. *No turning back*, comme on dit dans la langue de Carl Lewis. Il sait aussi qu'il faut parfois plonger, mettre la tête dans l'eau au lieu de la mettre dans le sable. On ne pourra jamais empêcher les noyades. Mais c'est en se mouillant tout d'abord un orteil qu'on a traversé les mers.

La course a lieu deux semaines plus tard et Jules se sent en pleine possession de ses moyens. Ses jambes, son corps et sa tête répondent à la moindre requête avec vivacité. Ses muscles, ses nerfs et ses tendons sont en alerte. C'est aussi le cas de plus de trois mille athlètes des quatre coins du Québec. Ça fait beaucoup de beau et de bon monde. Jules est d'ailleurs quelque peu intimidé.

— T'en fais pas avec ça, Jules, ils sont aussi terrorisés que toi. Mais, en toute objectivité, tu es le meilleur. Si tu savais à quel point les chances sont de ton côté!

— Mais il y a tellement de coureurs, et ils sont si bons! Je ne peux pas être meilleur que tous ces gars-là.

— Aie confiance. Tu verras.

Jules est peut-être intimidé, mais il sait qu'il est à sa place. Aucun regard étrange n'oblique en sa direction à cause de sa démarche originale (ce n'est pas compliqué, tout le monde croit qu'il s'étire en permanence). Pas de doigts pointés, pas de ricanements. Même qu'on le salue et qu'on lui sourit. C'est ça, le vrai esprit sportif.

La première course a lieu la journée même. Jules enfile la camisole et les shorts aux couleurs du club puis se pointe à la ligne de départ. Roby, fébrile, lui masse les épaules et le cou, et lui prodigue les derniers conseils d'usage, mais, surtout, les bons encouragements.

— Va juste t'amuser, Jules. Ne cours pas pour gagner, cours parce que tu aimes ça, parce que c'est le *fun* et parce que tu le fais bien. Ne t'inquiète pas et ne pense à rien. Le reste suivra.

Et c'est exactement ce qui arrive: le reste suit. Le corps, l'esprit, la fierté et la certitude qu'il est le meilleur. Ses temps sont là pour le lui rappeler. Jules accumule les victoires et collectionne les fils d'arrivée, devançant certains camarades de plusieurs minutes. Il devient gourmand. Tellement que Roby lui recommande de se calmer, de garder ses forces pour les prochaines courses.

— Faudrait pas faire dérailler la machine, hein, Jules?

— Je me sens comme Iron Man!

— Je comprends, mais arrange-toi pour ne pas te briser, justement.

— D'accord, je vais essayer de me calmer un peu.

Mais Jules est sur une lancée. Il court vite et bien, et son nom est sur toutes les lèvres. On ne parle que du jeune prodige du 3 000 mètres. À ce rythme, il fracassera tous les records de course, y compris ceux du champion en titre, Alexis Trottier, un garçon qui court depuis si longtemps qu'on dit qu'il courait dans le ventre de sa mère. Pourtant la vedette de l'heure est sans contredit le jeune Juillet de Montréal, que les gens surnomment affectueusement Speedy Gonzalez. Certains surnoms traversent les frontières. Les journalistes se l'arrachent.

«Depuis combien de temps cours-tu?»

«Qui est ton athlète favori?»

«Où as-tu développé cette technique particulière?»

«Crois-tu qu'un jour on l'appellera la Technique Juillet?»

Jules n'en revient pas. Tant d'attention, tant d'amour. Il craint d'éclater. Il est simplement heureux d'être là et de faire partie de quelque chose de plus grand. La vie est si étrange parfois. Vient finalement le moment de la grande finale dominicale. Jules se mesurera justement à Alexis Trottier. Mais tous les yeux sont rivés sur Speedy. La compétition s'annonce féroce. Les concurrents se regroupent à la ligne de départ, petit cordon où le talent est plus que jamais tissé serré. Ils sont beaux à voir, ces jeunes aux grandes aspirations. Et, malgré l'immensité de leurs rêves, aucun n'empiète sur l'autre. Ça ne les empêche quand même pas de jouer subtilement du coude, battant l'air de leur présence plus compétitive qu'antisportive. Jules, dans un accès de confiance, décoche un sourire à son plus grand compétiteur.

— Bonne chance, Alexis. Mais, comme dirait mon *coach*: «Tiens ta tuque!»

Alexis n'a le temps ni de relever, ni de comprendre.

— À vos marques, prêts…

Pow! Le coup de feu éclate et résonne en écho dans les gradins. Personne n'est blessé, du moins pas encore. C'est qu'il y aura certainement quelques orgueils amochés à l'arrivée. Comme des chevaux de course, les jeunes athlètes renâclent et ruent. Les premiers mètres sont toujours ceux que l'on mange en bouchées doubles et froides. Puis les jambes s'étirent, les pas s'allongent et les coureurs trouvent leur rythme de croisière. Les pieds endoloris par de multiples courses foulent la piste avec une fluidité renouvelée.

Les plus rapides distancent tranquillement le troupeau. La compétition n'est pas une chanson de Céline Dion et les derniers ne seront jamais les premiers. Alexis et Jules le savent, et les deux merveilles poussent la machine, coude à coude. Après six tours, le peloton est divisé en deux, mené par nos héros du jour. En fait, Alexis et Jules se retrouvent seuls à l'avant, le reste de la cohorte traînant de la patte à plus d'un demi-tour. Les rois de la piste demeurent dans cette position jusqu'à ce qu'on entende le tintement de la cloche qui annonce le dernier tour. Quatre cents mètres.

DING! DING! DING!

C'est ici que tout se joue. Alexis, à bout de force, tente une manœuvre ultime en poussant son moteur à fond, alors que Jules court toujours le sourire aux lèvres, en pleine possession de ses moyens. Deux cents mètres. Alors que nos deux torpilles humaines augmentent la cadence pour la dernière ligne droite, une chose impensable et horrible se produit. Le corps de Jules l'abandonne un très court instant, celui d'un clignement d'œil. Sa cheville se tord alors qu'il n'est qu'à 100 mètres de l'arrivée. Il s'écroule sur la piste caoutchouteuse, dans le fracas d'une poussière qui tombe. Alexis, quant à lui, galope aveuglément, trop concentré sur le fil invisible qui miroite au loin. Laissé à lui-même, Jules se relève péniblement et claudique pour boucler les derniers mètres. L'attroupement se rapproche dangereusement, mais notre nouveau héros traîne le pied le plus vite possible, transporté par les encouragements de Roby et de la foule.

— Speedy! Speedy! Speedy!

Jules franchit la ligne d'arrivée en deuxième position, de justesse devant le reste de la troupe. Il était moins une (en fait, il était moins vingt secondes, mais on ne s'obstinera pas pour ça).

Sa cheville élance, une douleur lancinante prend naissance dans son pied, sa jambe et sa fierté. Ça craque de partout, son armure comprise. Il était si près du but. Roby accourt et vient le soutenir avant que Jules s'effondre, physiquement et psychologiquement.

— T'étais magnifique, Jules. Bravo, je suis tellement fier de toi!

— Je comprends pas ce qui s'est passé. J'ai lâché au dernier tour.

— T'as rien lâché du tout. Ça arrive aux meilleurs et c'est ce que tu es. Ce n'est que partie remise. Tu as couru comme un pro. De la vraie classe. Tu es un grand athlète.

Roby enlace Jules et le serre fortement dans ses bras. Les comparses demeurent collés l'un à l'autre pendant de longues secondes, Jules ravalant quelques sanglots. Bien sûr qu'il sait qu'il n'a pas lâché. Mais il était si près du but. Quel dommage!

Alors que l'étreinte s'estompe, Jules aperçoit au loin Bobby Bujo, un matamore de l'école, qui se dirige droit vers lui à grandes enjambées. Jules se défait de l'étau dans lequel il est coincé et s'apprête à faire comme d'habitude : fuir. Mais, pour la première fois, et peut-être à cause de la blessure qui le cloue sur place, il se tient droit, prêt à affronter l'inévitable. Roby voit que quelque chose est en train de se produire, une étincelle d'amour-propre et de grandeur, comme un météore qui pénètre dans l'atmosphère. En conséquence, il recule, maintient ses distances, mais reste disponible. Au cas où. Jules se raidit, frondeur, alors que Bobby lève la main.

— Eille, Ballerine, t'étais pas mal bon.

Surpris, Jules lâche prise sur lui-même.

— En fait, t'étais vraiment écœurant ! Je savais pas que tu courais vite de même. Et tu as fini la course malgré ta cheville tordue ! Wow, t'es un vrai héros, *man*.

Bobby lui tend sa paume ouverte et Jules répond au geste en lui serrant la main. Aujourd'hui, Jules a peut-être terminé deuxième et perdu la course, mais il a remporté la plus importante partie d'une vie, celle de se tenir debout.

Patrick Dion est rédacteur pour la télévision et chroniqueur à la radio et pour Sympatico. Il est également auteur de deux romans et d'un guide pratique sur les médias sociaux. Cycliste, Patrick s'est récemment initié à la course et à découvert un sport qu'il apprécie davantage de jour en jour.

TANDEM

On dit souvent que, pour connaître quelqu'un, il faut avoir marché un mille dans ses souliers.

C'est le proverbe, je crois. À peu de chose près, en tout cas.

L'idée, c'est qu'en faisant un bout de chemin dans les godasses de quelqu'un qu'on juge, sur qui on nourrit des illusions ou des préjugés, peu importe, qu'en se mettant à sa place donc, on apprend sa réalité. Ça nous amène à constater ses défis. Ses bons moments. Les choses qui ont foiré, aussi. Les trous dans le sol qu'il lui a fallu éviter. L'eau qui gicle. La morsure du vent. Le soleil tapant. La pluie dans les yeux. La cheville qui se tord. Même l'usure des chaussures et la forme qu'elles ont prise avec le temps révèlent d'autres secrets. Le poids qu'on porte, le pied qui traîne…

Bien sûr, c'est une façon de parler. Marcher dans les souliers de quelqu'un, on ne fait pas ça au sens propre.

Mais quand même.

Le regard absent, triturant les poils clairsemés de ma barbe, je réfléchis. Sur la page officielle des organisateurs de la course, je dois créer mon profil et on me demande : « Pour qui courez-vous ? »

Je soupire et tape : « Pour maman. »

Mais je reste songeur. La réponse n'est pas compliquée, pourtant.

Enfin. À première vue, non.

Je me recule dans ma chaise de travail et lève les yeux sur le babillard où j'ai punaisé divers papiers, images, billets de spectacle et cartes postales. Dans le fouillis bigarré, il y a cette photographie de moi. Un bébé hilare, debout dans d'immenses chaussures de course bleues, qui porte uniquement une couche-culotte, souriant de ses quatre dents. La photo est floue et les bandes réfléchissantes lancent des éclairs sous l'effet du flash.

C'est une photo de mauvaise qualité, mais maman l'aime.

Longtemps, elle a été aimantée sur notre réfrigérateur, parmi les listes d'épicerie et mes dessins. Avec le temps, elle a gondolé et commencé à perdre ses couleurs, alors j'ai fini par la numériser pour la réimprimer. Maman l'a encore sur son frigo. Moi, j'ai celle-là, sur le babillard. Enfouie sous plein d'autres photos et de souvenirs.

Je suis frappé par ce constat : me revoilà debout dans les chaussures de ma mère. Les pieds profondément enfoncés dans ses souliers trop grands.

C'est vrai que je n'ai pas marché un mille dans ces souliers-là. En fait, j'ai dû faire à peine un mètre. Quand la photo a été prise, j'en étais à mes premiers pas dans la vie.

Encore bien loin de courir.

C'est à cette époque que maman s'est mise à la course à pied, m'entraînant dans cette douce folie.

C'est plus tard, bien plus tard, qu'elle m'a reparlé de cette période.

Ma première blonde venait de me quitter. J'errais comme une âme en peine dans notre appartement avec une envie de pleurer un grand coup, mais rien ne sortait. J'étais trop sonné, déstabilisé. Je pouvais rester des heures à fixer le vide, alors que, dans ma tête, je me répétais un mantra obsessif, comme un marteau-piqueur. «Elle t'a quitté. Elle ne t'aime plus.» Maman m'a regardé souffrir en gardant une distance. Pleine de délicatesse, m'a-t-il semblé. Consciente de ce que je vivais. Respectueuse de mon silence. De ma peine. Ça a duré quelques jours. Jusqu'à ce qu'un matin, dans le soleil matinal, au-dessus de nos tasses de café, elle me dise: «Tu devrais aller courir. Une peine d'amour, Vic, ça se court.»

J'ai haussé les épaules, mais le message que je lui envoyais, dans ma colère d'adolescent, c'est: «Qu'est-ce que t'en sais?»

Que pouvait connaître ma mère de la douleur qui m'habitait alors? J'avais dix-sept ans, j'étais au centre de mon monde. Ma mère, malgré tout l'amour qu'elle me portait, n'était pas en mesure de ressentir ma détresse. Je ne pouvais le concevoir.

Elle est allée décrocher la photo du frigo. S'est rassise. A placé le bébé aux chaussures de course entre nous.

Le silence s'est prolongé. Maman a continué à boire son café noir. Lentement. Comme à son habitude. Une fois mon *latte* refroidi, je l'ai avalé en trois gorgées. J'ai toujours aimé le café au lait, mais je me souviens que ce matin-là il avait un arrière-goût d'amertume. Maman a repris son monologue. Ça n'a jamais été son genre d'abandonner une discussion quand elle a un message à passer, quitte à se parler à elle-même.

— Tu es tellement mignon sur cette photo-là.

J'ai grogné d'agacement. Et elle s'est perdue de longues minutes dans une contemplation muette de la photographie gondolée. Enfin, elle a poursuivi le cours de ses pensées à voix haute :

— Un bébé heureux. Ça, pour moi, c'était tout ce qui comptait. Attends…

Elle s'est levée. Je l'ai entendue fouiller dans la bibliothèque du salon. Elle est revenue avec un album de photos racorni qu'elle n'avait jamais ouvert devant moi mais devant lequel, de temps en temps quand j'étais petit, je passais de longs moments à rêver. Même si j'y tenais le rôle central, c'était une vie que je n'avais jamais vécue. J'aimais parfois regarder ces images de ma famille pour me convaincre de sa réalité. Mon père, ma mère. Moi.

Petit bébé sans souvenirs.

— Regarde.

D'un doigt preste, elle m'a désigné les scènes que je connaissais bien. Mon anniversaire. Mon visage poupin, tout obnubilé par la flamme d'une unique bougie sur un gâteau confectionné et décoré par elle. Beaucoup de photos de moi. Jouant, dormant. Ici agrippé à une table, là à quatre pattes poursuivant le chat. Puis des photos de nous deux. Notre premier Noël seuls, elle et moi. Pour la pose, elle avait collé sa joue contre la mienne. Sur l'image, elle sourit. Mais ses yeux sont cernés, presque éteints.

Ces photos, je les ai toujours contemplées en n'y voyant que moi. Moi au centre de l'action. Je n'avais pas constaté jusqu'à cet instant, alors qu'elle attirait mon attention sur ces détails, l'évidence de sa détresse. J'y voyais soudainement ma mère frêle, émaciée. Les yeux vidés de toute joie, de toute vie.

— Si je tenais sur mes jambes, à cette époque-là, c'était pour toi. Juste pour toi.

Elle ne pesait même plus cent livres.

Je me souviens de ce matin où j'ai regardé ma mère à travers ma peine d'amour si vive, lancinante. Et, malgré la certitude que ma souffrance était sans égale, j'ai compris que maman aussi avait traversé ce désert. Alors j'ai entendu ce qu'elle me disait.

Une peine d'amour, ça se court.

Elle, c'est ce qu'elle avait fait seize ans plus tôt. M'entraînant dans le landau qu'elle poussait au-devant d'elle au gré de ses trajets. Sous un ciel de tous les tons de gris jusqu'au bleu le plus pur.

Dans mon souvenir brumeux d'enfant, c'est du bleu. Que du bleu sur lequel se détache le visage rosi de maman. Ses yeux vifs. Ses cheveux au vent.

Le bébé aux cuisses potelées, souriant dans des souliers trop grands, date de cette époque noire pour maman, qui prenait pourtant un nouvel élan.

— Je ne me rappelle plus qui m'avait suggéré de courir. Tu sais, jogger trois fois par semaine a le même effet que des antidépresseurs…

Mais c'était plus que ça.

Et, ça, maman ne pouvait pas me l'expliquer.

Il a fallu que j'aille courir, à mon tour. Que je superpose la pratique à la théorie. Que je vive l'épreuve du feu, dans ma chair.

J'avais dix-sept ans. Ma peine d'amour me bouffait tout cru. À tout moment, à toute minute. Dès que mes pensées m'échappaient, elles me ramenaient à la douceur perdue des bras de ma blonde.

Et j'ai fini par associer la décharge électrique des relents amoureux au besoin de courir. De m'élancer. D'avaler le bitume. De faire taire la litanie de mes regrets dans l'accélération de mon pouls, de ma respiration. Exsudant peu à peu tristesse et déception, muées en une conscience aiguë de mon corps, de mon existence. De ma vie.

Je me reconnectais.

◊ ◊ ◊

Je me masse la nuque et jette un coup d'œil sur l'horloge de l'ordinateur. Je vais aller courir, justement. Si je veux y arriver, à ce marathon, il faut que je m'entraîne.

Dans l'entrée, les chaussures s'empilent. L'image d'une famille, sans doute. Où chacun empiète sur l'espace de l'autre dans une complicité en dents de scie. J'attrape mes vieux *running shoes*. J'aime mieux ceux-là, même si j'en ai de nouveaux. Faut croire qu'aujourd'hui j'ai besoin de mes fidèles compagnons de route. De leur réconfort.

Il y a longtemps que je n'ai pas senti ce serrement de cœur en moi. Pas celui d'une peine d'amour, non. Mais une mélancolie m'étreint. Parce que maman souffre. Parce que je m'entraîne pour faire le marathon pour elle et que je me rends compte que j'en sais peu à son sujet. Je n'ai pas couru un mille dans ses souliers, justement.

Pour qui courez-vous?

La question me hante alors que mes pieds heurtent le sol en alternance. J'accélère, trouve mon rythme.

Au début, je pense que je ne courais pas «pour» mais «contre» quelque chose. Contre la peine, l'empoisonnement mental douloureux qui me vrillait la tête et le cœur. J'ai couru contre une fille qui m'avait fait mal. J'ai usé mes souliers à courir. À oublier. À vaincre.

Mais je me rends compte qu'en courant comme maintenant je fais quelques pas dans les souliers de ma mère. Parce que, aujourd'hui, je réalise que j'ignore plein de choses d'elle et de ce qu'elle vivait quand j'étais un enfant chaussant des souliers trop grands.

Elle a couru, maman.

Avec le ciel bleu au-dessus d'elle. Au-dessus de nous deux. Ensemble.

Pourtant, elle affrontait la solitude. Seule avec sa peine d'amour qu'elle tentait de s'arracher du cœur en mettant son corps en mouvement.

Je me dirige vers les Plaines. Ça monte en chemin et mes muscles rechignent. Vient toujours ce moment où je me demande si je pourrai tenir la cadence.

La sensation était pire au début. Et c'est revenu à quelques reprises. Quand, après des périodes de paresse ou de déséquilibre entre le boulot et la famille, j'ai mis la course de côté pour m'y remettre ensuite. C'est une impression intense qui se diffuse à travers mon corps, qui me fait douter de moi. De ma capacité à affronter la distance, la vitesse. À avancer, à me dépasser.

J'ai appris qu'à cet instant précis il ne faut surtout pas lâcher. Parce que juste après survient la sensation de pur bonheur, de satisfaction profonde, de réalisation parfaite de mon existence. De mes capacités. De la vie, simple pourtant. Si merveilleuse, inexplicable.

Oui, je sais que ça ressemble à l'extase d'un *junkie*... mais c'est ça. C'est merveilleux et inexplicable.

Dès que j'ai vécu ça une fois, puis deux, puis trois, j'ai réalisé que c'était accessible en moi à volonté, qu'il suffisait que j'aille le chercher. Alors la course s'est inscrite dans mes habitudes, ma routine, mon quotidien. Beau temps, mauvais temps. Mais c'est par beau temps que la magie est la plus vive. La plus pure.

Intense.

Comme maintenant, avec tout ce ciel bleu, et l'air printanier qui pince mes joues et mes oreilles. Mon esprit qui s'accorde à mon corps. Ce corps qui me porte, sur lequel je compte. Que je malmène souvent, malgré moi. Tout se résume à un corps en mouvement, après tout.

Un corps qui aime. Un corps qui souffre. Un corps qui bouge, qui traverse l'existence. Un corps qui donne la vie. Et un corps qui meurt.

Et, avec sa mort, la fin de l'histoire. De notre histoire.

Tout est histoire de corps.

Le corps de maman a été le lieu du commencement, pour moi. Ma ligne de départ. Et il est malade, ce corps. Et je vais courir pour lui, ce corps malade. Pour la recherche, surtout. Pour qu'un jour les corps des femmes comme ma mère n'aient plus à craindre le cancer des ovaires.

Rendu à la tour Martello, je fais une pause en sautillant sur place. Machinalement, je prends mon pouls sous ma mâchoire. Je suis distrait, je ne compte même pas la pulsation sous mes doigts. Mon regard suit l'imperceptible mouvement de l'eau du fleuve.

Pour qui courez-vous?

Maman aime le fleuve. Dans les parcours qu'elle nous faisait prendre lors de ses longues courses où elle fuyait son mal-être et l'amertume de ses amours mortes, elle nous menait souvent sur les bords du Saint-Laurent. Ici, par exemple, où on a une vue en plongée. Ou encore plus près, sur la piste où l'eau défile sous nos pieds.

J'ignore si les souvenirs de cette époque, emmagasinés en moi, sont une projection, un collage fait de ce que ma mère m'a raconté de nos promenades et des photos qu'elle a prises d'elle et de moi. Elle souhaitait tant que j'aie des souvenirs heureux qu'elle m'a légué un kaléidoscope de rêves et de réalités entrelacés. Elle se démenait pour ne pas sombrer, m'enchaînant à elle dans l'abysse de la dépression.

Ma mère a fait tout ce qu'elle pouvait.

Elle s'est battue, gardant vivace l'espoir de retrouver le bonheur. Et elle a atteint la ligne d'arrivée. Guéri sa peine d'amour.

Le temps a passé. J'ai grandi. Parfois heureux, parfois moins. J'ai appris à vivre dans un univers bipolaire, entre mon père et ma mère.

Au chrono, je ne suis pas mécontent de mon *pace* moyen de 5:35/km. Ça me va. Je tiens le rythme. Je ne veux pas être un champion, simplement mettre ma tête au diapason de mon corps. De mon cœur.

Maman avait raison, une peine d'amour, ça se court. Mais il n'y a pas que ça.

Je descends l'escalier du Cap-Blanc et y croise des promeneurs. Un autre coureur fait sa montée, je le salue d'un signe de tête quand il passe à ma hauteur. Arrivé sur la piste de la promenade Samuel-De Champlain, je fais une pointe d'accélération. Je pousse à fond puis redescends à mon rythme normal.

Et mes pensées reviennent à maman. À ses souliers. Aux miens. Parce que j'en ai usé, des paires de chaussures de course, après des peines d'amour! Jusqu'à ce que je croise le regard de cette fille, ici, sur cette autoroute de coureurs dans le petit matin. Des cheveux de feu qui rebondissaient en lourde queue de cheval dans son dos. Des taches de rousseur amplifiées par l'exercice. Une beauté solaire. Qui ne m'a pas remarqué.

Sans le hasard, Sophie serait restée cette intrigante coureuse. Et ça se serait arrêté là.

Mais il a fallu que nous nous recroisions sporadiquement. Jusqu'au matin où je l'ai aperçue devant moi.

J'ai ralenti et l'ai suivie pour l'aborder en souriant. J'ai trébuché quand l'intense bleu de ses yeux a transpercé mon regard. Elle a ri de ma maladresse.

Nous avons couru ensemble. Et usé bien des paires de souliers côte à côte, depuis.

Pour ajouter récemment la paire de bottines de notre fils.

De retour à la maison, encore plongé dans mes pensées, je me prends les pieds dans les *running shoes* de Sophie, pourtant si visibles au centre de l'entrée, avec leur vert et leur orange criards. Au lieu de céder à mon premier réflexe de pester et de faire descendre tous les saints du ciel, je souris.

◇◇◇

La collecte de fonds avance bien. Le petit bonhomme aux chaussures trop grandes peut bien sourire de ses quatre dents. Il faut croire qu'il fait des pas de géant dans les souliers de sa mère.

Sur mon écran s'affichent les résultats de mes démarches. J'ai déjà atteint 85 % de mon objectif, beaucoup plus rapidement que ce à quoi je m'étais attendu. J'espère que ça continuera sur la même lancée.

Ça me touche, cet appui. Je ne pensais pas que tant de gens se mobiliseraient spontanément pour ma cause. La famille, les amis, les collègues de travail de Sophie, les miens, plusieurs de mes élèves, leurs parents. Les réseaux sociaux permettant de tisser des liens inimaginables. Une formidable chaîne humaine.

Tout est parti d'une remarque que j'ai faite en classe à propos de la bataille de Marathon. Je parlais de Phidippidès, le messager qui a couru la distance entre ce champ de bataille et Athènes, pour porter la nouvelle de la victoire grecque sur les Perses.

Il a couru 42,195 kilomètres.

Il serait mort à l'arrivée, après avoir délivré son message victorieux. Une légende probablement embellie. Mais l'idée est là : un marathon, ça rime avec victoire. Celle du coureur peut-être, mais surtout celle de sa motivation.

C'est comme ça que j'ai parlé à mes élèves du marathon pour lequel je m'entraîne.

De ma raison à moi. De ma motivation.

Ça les a touchés. Je ne sais pas pourquoi j'en ai été surpris, finalement. Peut-être parce qu'ils sont jeunes? À treize ou quatorze ans, que connaît-on à la maladie?

Je croyais que ça ne les intéresserait pas. Eh bien, je me trompais. Ils ont été ouverts. Volubiles, aussi. Certains ont confié vivre de près le cancer. Celui d'un grand-père, d'une tante. Quelques-uns se sont même associés à ma cause. Ils en ont parlé, ont fait circuler l'information. Et, en quelques semaines, la collecte allait si bon train que j'ai revu mon objectif à la hausse.

Le bébé de la photo semble me regarder en rigolant. Content. J'en ai fait le fond d'écran de mon ordinateur. Pour m'inspirer. Pour me rappeler constamment les chaussures que j'essaie de porter. Car la question «Pour qui courez-vous?» me poursuit.

J'ai parfois l'impression que, si je cours, c'est pour éviter d'être rattrapé par la réponse.

— Victor?

Sophie est descendue me chercher au sous-sol. Maxime est installé dans sa poussette. C'est l'heure de notre course dominicale.

— J'arrive!

D'un clic de souris, le graphique de mes performances disparaît.

◇ ◇ ◇

— Maman ?

Je suis entré après avoir sonné. Je m'annonce quand même. Un réflexe. Je gravis les marches de l'abrupt escalier où j'ai maintes fois failli me casser le cou. Enfant étourdi, adolescent balourd… mais surtout jeune adulte, certains soirs bien arrosés.

— Je suis ici, Vic.

Au salon, si je me fie au son de sa voix.

Je la trouve assise dans son fauteuil préféré. Sa tête chauve se découpe à contre-jour sur le rideau de tulle translucide qui rayonne de lumière d'avant-midi. Ses yeux sont rieurs et son visage est pâle. Je dépose un baiser sonore sur sa tête et je sens sous mes lèvres la repousse de ses cheveux. Un détail qui me réchauffe le cœur. Un peu naïvement, je sais. Il n'y a pas de lien entre sa forme physique et l'espoir de ce duvet nouveau. Mais je suis porté à associer les deux.

Comme je l'avais trouvée fragile en la voyant sans sa crinière abondante, le jour où elle avait rasé ce qui lui en restait ! Une fragilité qu'elle a toujours eue, sans doute. Qui s'était dévoilée sur les photos datant de sa rupture avec papa. Et qui refaisait surface, avec le cancer et la chimiothérapie.

Pourtant, je crois que notre vraie souffrance est invisible. Et je soupçonne maman de me cacher l'essentiel de la sienne.

— Comment tu vas ?

Je sais qu'elle est dans un de ses bons jours juste par l'intonation de sa voix. Par la vivacité de ses questions, de ses remarques.

— Irais-tu faire du thé, s'il te plaît ?

Dans la cuisine, je mets l'eau à bouillir, trouve les sachets de thé, la théière. Je bavarde avec ma mère, tout en m'affairant. Impossible de manquer la vieille photo racornie et décolorée sur son frigo. Le bébé aux quatre dents ne semble pas désarçonné par le piteux état de son image. Et les chaussures n'ont rien perdu de leurs éclairs magiques.

Je reviens au salon avec le plateau, la théière chaude et les tasses.

— Tu vas être contente de moi…

Elle hoche la tête.

— Je SUIS contente de toi, tu sais…

Je souris à ce petit jeu de rhétorique maternelle.

— Sérieusement, m'man, pour le marathon, j'ai atteint l'objectif de ma collecte de fonds.

— En doutais-tu ?

Je hausse les épaules. Peut-être.

— Je le fais pour toi, en tout cas.

Maman m'observe de son regard impénétrable, qui semble voir en partie en moi, en partie dans une autre dimension. Elle tient sa tasse près de son visage mais ne boit pas. Absorbée, comme dans un songe.

— Maman ?

Doucement, elle revient à la réalité. Elle prend une gorgée de thé vert puis secoue la tête.

— Non, Vic. Il ne faut pas le faire pour moi. Il faut le faire pour toi.

Je soupire et prends une longue aspiration dans ma tasse, pour faire descendre mon niveau d'impatience. Ça m'agace quand elle prend les choses au pied de la lettre et qu'elle s'amuse à me contredire. J'ai l'impression qu'elle le fait exprès, simplement pour m'obliger à me dépatouiller avec des explications et du fendage de cheveux en quatre.

Mais elle n'a pas fini. Elle sourit.

— Tu dois le faire pour toi. Tout ça, la collecte, la course. Surtout la course. Le marathon, quand même, Vic. Ce n'est pas rien.

C'est vrai.

— J'aurais aimé ça, courir un marathon. Réussir ça. Une fois.

— Tu fais bien mieux, là, m'man. C'est tout un marathon que tu cours, là, avec les traitements… Pis tu vas y arriver.

Sur ces mots, je me lève pour m'asseoir près d'elle. Je la serre contre moi, caresse maladroitement son cuir chevelu duveteux. Et je me sens étrangement grand et fort, tenant ainsi ma mère dans mes bras. Moi qui pourtant ne suis encore que ce bébé à quatre dents, plein de confiance devant la vie, mais perdu dans des souliers trop grands.

Je ne veux pas voir ma mère souffrir. Dépérir. Je veux qu'elle coure encore et encore la grande course à obstacles de la vie. Son propre marathon. Et qu'elle gagne.

Enfin, elle se redresse et se détache de moi pour me regarder d'un œil oblique, plein de l'ironie malicieuse que je lui connais bien.

— Ça te ressemble tellement, je trouve, le marathon !

— Pourquoi ?

Je fronce les sourcils. Je me demande si elle se moque de moi, comme elle aime parfois le faire avec ses taquineries affectueuses.

Mais non. Elle semble sérieuse.

— Tu sais comment on a choisi ton nom, ton père et moi ?

J'attends qu'elle me raconte cette histoire pour la millième fois, qu'elle me dise que mon prénom évoque la victoire, que ça augurait ma « victoire dans la vie », pour eux. Ils avaient l'impression d'attirer sur moi une bénédiction, comme des fées autour d'un couffin.

Pourtant, j'ai la personnalité de la tortue de la fable. Je pars à temps, c'est vrai. Et je réussis ce que j'entame. Mais il faut être patient. Toutefois, là n'est pas le fil des pensées de maman.

— Pour moi, tu es ma victoire. Ma victoire et ma grande fierté.

Elle serre fort ma main dans la sienne. Pour chasser l'émotion qui me noue la gorge, je fais bifurquer la discussion :

— Tu sais quelle est l'origine du marathon ?

Elle hausse les épaules et ébauche un demi-sourire en se reculant dans le fauteuil.

— Vaguement...

C'est sa manière de me dire qu'elle le sait, mais qu'elle veut que je lui refasse mon petit laïus. Comme une boulimique, elle se jette toujours avec gourmandise sur mes anecdotes de prof. Je nous verse encore du thé, avant de nourrir sa curiosité.

Marathon, c'est d'abord un endroit. Une plaine où s'est déroulée une bataille décisive pour l'Occident, parce que, avec elle, allait naître l'identité grecque, nos racines. Devant les Perses et inférieurs en nombre, les Grecs ont tenu bon. Et la phalange, ce coude à coude solidaire où le riche côtoyait le pauvre, où le bouclier de l'un protégeait l'autre, a prouvé son efficacité. Les bases de la démocratie étaient jetées.

Marathon, c'est cette victoire inespérée. Symbolique.

Le soleil s'est adouci quand elle me propose d'aller prendre l'air.

— Je ne peux pas courir, mais je peux marcher. C'est ça de pris.

Il n'y a pas de petite victoire.

◊ ◊ ◊

Sophie resplendit dans le soleil de ce dimanche matin, la chevelure en feu. Elle court, la tête pleine de musique. Parfois, elle me décoche un regard bleu profond et me sourit. Moi, j'aime mieux avoir du temps pour rêvasser, ouvert aux sons de la ville, écoutant Maxime babiller dans sa poussette. Mes pensées filent en tous sens et j'ai l'impression de me regarder courir. Je sens intensément mon corps, et il m'arrive de grandes bouffées de sérénité. Une sensation de flottement.

Courir, même en groupe, même en famille comme maintenant, c'est solitaire. Une prise de conscience de soi. Et de toute cette vie qui bat.

Je respire à pleins poumons. Présent.

Vivant.

Maxime observe le monde qui défile autour de lui. Ses petits pieds s'agitent quand son attention est stimulée. Un écureuil, un chat, un camion. Le scintillement de la lumière dans les feuilles verdoyantes. La douceur du vent sur son visage. Aspérités de la réalité tourbillonnante du monde.

Je me demande si, comme moi à son âge, il capte tous ces instants de lumière vibrante. Si le bleu du ciel immense teintera ses souvenirs d'enfance.

◊ ◊ ◊

— J'aurais quelque chose à te proposer, m'man.

Elle entrouvre les yeux. Elle s'était assoupie, je crois. Son traitement s'achève. La poche est pratiquement vide. Je corrige une pile de copies sur mes genoux en veillant sur elle. C'est une idée floue qui a germé au cours des derniers jours. Imprécise. Confuse. Qui tout à coup me frappe comme une révélation.

Ma mère a un demi-sourire. Me fait discrètement signe qu'elle m'écoute.

— Pour le marathon, j'ai pensé à une formule : tu vas courir avec moi.

Elle ferme les yeux, le visage crispé dans une grimace riante. Ses épaules sont secouées par un gloussement rauque qui se mue en toux sifflante. Elle ne me prend pas au sérieux, c'est évident. Je lui tends un verre d'eau.

— Tu ris, mais c'est pas si fou que ça...

◊ ◊ ◊

Nous sommes des milliers.

Le site bourdonne d'activité. Les coureurs, le public, les jeunes et les vieux, tous se mêlent en une grande cohue bruyante. Sur une scène, des animateurs encouragent les gens. De la musique tente de couvrir le brouhaha. C'est le zoo au stand d'accueil. Mais la bonne humeur se lit partout, malgré la température maussade.

Ici, les gens sont venus courir.

Rassemblés.

Certains visent la performance, mais beaucoup, la plupart, je crois, sont venus pour atteindre un objectif bien personnel. Défi, résolution, cause… *Pour qui, pour quoi courez-vous ?* Il y a autant de réponses, sans doute, qu'il y a ici de coureurs réunis.

Maman s'est acheté une paire de souliers de course dernier cri. Pour son marathon, elle souhaitait marquer le coup. Souriante derrière ses verres fumés, elle se laisse prendre en photo. Une journaliste s'est intéressée à notre histoire pour un article. Elle va écrire sur notre demi-marathon. Ma mère a l'air d'une *star* avec son turban coloré, entourée d'un groupe d'élèves venus nous soutenir. Je sais qu'à la ligne d'arrivée nous attendent Sophie, Maxime, mon beau-frère et des amis. Ça va être la fête.

C'était ça, mon idée. Couper la poire en deux et faire en sorte que « ma » course devienne « notre » course. Nous allons donc courir le demi-marathon.

Une demie multipliée par deux, ça fait un entier, non ?

Sophie s'est enthousiasmée. Maman s'est laissé convaincre.

Nous voilà lancés, le départ a sonné.

◇ ◇ ◇

Je n'ai pas marché un mille dans les souliers de ma mère et peut-être ne la connaîtrai-je jamais totalement. Elle gardera ses mystères maternels. Et ses souliers ne s'useront pas à courir le marathon.

Pas celui-là.

Mais nous sommes ensemble.

Dans le fauteuil roulant que je pousse devant moi, elle se tient droite. Fière combattante. C'est sa manière de courir.

Au-dessus de nos têtes, le ciel est troué de larges ouvertures bleues.

Tout ce bleu. Comme un but à atteindre.

Pureté, liberté.

Oui. Tout ce bleu au-dessus de nous est un mélange de souvenirs. Du passé, du présent, de l'avenir. De tout ce qui fait la vie.

Ma mère m'a poussé, je la pousse à mon tour.

Chacun les pieds dans nos souliers, sur un chemin parallèle. En tandem. Complices.

Courir.

Pour vaincre la maladie, comme une peine d'amour. Usant nos souliers pour avancer.

Et gagner.

C'est le dernier immeuble au bout d'une rangée d'édifices à logements de brique grise, parfaitement identiques. Construits à la hâte et sans souci d'esthétique, les bâtiments s'alignent à l'ombre des longues cheminées de l'usine qui crachent de lourds nuages sombres.

Qu'est-ce qui t'a incitée à venir t'installer ici? À choisir ce quartier qui pue le soufre et distille un ennui soviétique?

J'ai grandi dans cette ville, mais je ne l'aime pas pour autant. Partout, la beauté a été sacrifiée à la fonction. Les rives sablonneuses sur lesquelles se dressaient autrefois d'anciennes pinèdes ont été bétonnées et transformées en quais. On y transborde désormais le matériel dont l'usine a besoin pour produire des boulettes d'acier qui sont ensuite expédiées vers une fonderie de la Côte-Nord. La plupart des autres usines de la ville ont fermé leurs portes. Leurs carcasses métalliques rouillent maintenant sans que personne s'en préoccupe.

Je suis né ici. Je connais probablement le visage de chacune des personnes qui y vivent. Dans une petite ville comme celle-ci, tout le monde se connaît au moins de vue.

J'ai grandi avec certains, usé les mêmes bancs d'école depuis la maternelle. Je sais ceux qui s'aiment, qui se sont aimés, qui se détestent. J'en déteste moi-même plusieurs.

J'arrive au 10, place des Trembles, appartement 2. Tu as écrit soigneusement l'adresse sur un bout de papier fripé, d'une écriture fleurie. Moi, quand j'écris, les lettres se pressent les unes contre les autres comme s'il y avait urgence. Pourtant, en ce début des années 1980, rien ne presse. Personne de notre âge n'a nulle part où aller.

> « *London calling to the faraway towns.*
> *Now war is declared and battle come down.* »

La musique de The Clash tonne dans mes oreilles, mais je monte encore le son du Walkman jaune vif attaché à ma ceinture. Le rock punk déchaîné m'assomme et me parle.

> « *The ice age is coming, the sun's zooming in*
> *Meltdown expected, the wheat is growing thin.*
> *Engines stop running, but I have no fear*

Cause London is drowning and I live by the river. »

J'ai l'impression que la voix déchirée et désespérée de Joe Strummer s'adresse directement à moi. Qu'elle raconte mon histoire. *No future!* Ce n'est pas qu'en Angleterre, c'est ici aussi.

C'est le hasard qui me pousse devant ta porte en cet après-midi frais. Quand le professeur a demandé aux étudiants de se regrouper par deux ou par trois pour un travail, les équipes se sont formées naturellement. Rapidement, il n'est resté que toi et moi. Toi, nouvellement arrivée de Boucherville pour étudier. Et moi, qui ne me suis jamais senti chez moi ici. Deux étrangers chacun à notre manière.

J'ouvre ta porte, comme tu m'as dit de le faire. Les pentures grincent. Il règne une odeur de moisi à l'intérieur.

Devant moi se dresse un long escalier qui se perd dans la pénombre. Une interminable succession de paires de chaussures, disposées sans ordre apparent, orne chacune des marches. Il y a des ballerines, quelques escarpins. Je ne te vois pourtant pas les portant. Des bottes, des bottines. Des Doc Martens, bien sûr.

Les chaussures forment une étrange procession de cuir, de caoutchouc et de matière synthétique qui mènent jusqu'à toi.

Tout en haut, sur la dernière marche, tu as placé une paire d'Adidas blancs, collée à la porte de ton appartement.

Des souliers de course? Je ne t'imagine pas courir. Tu n'as pas une tête de coureuse avec ta moue boudeuse, tes cheveux d'ébène hérissés et tes yeux charbonneux.

— Salut.

Tu me regardes d'un air amusé. Je ne t'ai pas vue souvent sourire. Je souris aussi.

— Ne reste pas sur le palier. Entre.

Tu portes une jupe longue et une camisole noire qui souligne l'extrême blancheur de ta peau. De grosses croix d'argent pendent à tes oreilles et deux bracelets de cuir ornés de trois rangées de *studs* chromés serrent tes poignets.

L'appartement est pratiquement dénué de meubles. Une table de cuisine, quatre chaises, un divan défoncé, des murs vierges. La porte de la chambre à demi ouverte laisse entrevoir un matelas posé sur le sol en guise de lit. Il y a aussi une commode. C'est tout. Cet appartement n'est guère plus qu'un campement.

Tu as fait du café et tu m'en offres. La tasse chaude entre mes mains chasse un peu de ma nervosité.

C'est la première fois que nous nous retrouvons seuls. Au cégep, tu te montres distante, avec moi comme avec les autres.

Nous discutons un peu, de choses et d'autres. Je n'ose pas te poser de questions sur toi et tu ne me révèles rien à ton sujet. Je n'en dis pas davantage de mon côté, si bien que la conversation tombe rapidement à plat et nous nous mettons au travail pour dissiper le malaise.

Je ne peux m'empêcher de t'examiner secrètement, comme si les détails de ta physionomie pouvaient me révéler un peu de tes secrets.

Ton maquillage et tes vêtements ne parviennent pas à masquer la délicatesse de tes traits, l'élégante et fine courbe de ton long cou, tes lèvres, rondes, sensuelles, d'un beau rose pâle. Et cette manière que tu as de regarder les gens avec un brin de défi, avec de beaux yeux vert cendre cerclés de trop de crayon noir.

Qui crains-tu ? Personne ne te connaît dans cette ville et je t'assure qu'ici personne ne s'intéresse aux étrangers. Il n'existe pas de meilleur endroit pour se perdre dans une foule.

— Tu cours ?

C'est sorti maladroitement et tu me regardes, amusée.

— Bof. Pas tant que ça.

C'est le seul sujet sur lequel j'ose m'avancer. Nous avons ça en commun.

— Un peu, alors ?

— Ouais, j'essaie de me garder en forme.

— Je cours un peu, moi aussi.

En réalité, je cours beaucoup et c'est ce qui me permet de garder le peu de santé mentale qu'il me reste.

— On pourrait courir ensemble si tu veux.

Tu fais la moue, puis non de la tête.

— Quoi? Tu crois que je ne pourrais pas te suivre?

Je souris. Toi aussi maintenant. Mais ton regard se brouille rapidement.

— Tu pourrais pas comprendre, laisses-tu tomber sèchement.

Je ne suis pas sûr de ce que je vois au fond de tes yeux. De la colère? De la peur? Un mélange des deux?

Nous finissons notre travail et je rentre chez moi. J'ai envie de te revoir. Mais toi? Si c'est le cas, tu ne le montres pas.

Quand nous nous croisons au cégep les jours suivants, tu me souris à peine. Ce n'est pas que tu m'ignores, mais je ne retrouve plus l'étincelle au fond de ton regard, celle que j'ai aperçue l'autre jour chez toi. Je me suis peut-être fait des idées. On voit parfois ce que l'on veut bien voir.

Tu ne vas jamais dans les bars où les étudiants sortent la fin de semaine. Dans l'espoir de t'apercevoir, quand je cours, je fais souvent le détour par chez toi. Parfois, j'aperçois de la lumière au deuxième étage, mais tu n'apparais jamais à la fenêtre. Je n'ose frapper à ta porte.

Les week-ends, l'appartement semble toujours vide. Où vas-tu ainsi? Qui vois-tu, toi qui sembles fuir tout le monde?

Je devrais renoncer à toi mais, au contraire, plus le temps passe, plus je m'obstine. Je suis pathétique.

Un jour, la chance me sourit enfin. Je t'aperçois au bout de la rue, sortant de ton appartement en tenue de course, noire comme de raison. Seuls brillent tes souliers blancs dans la lumière vive de cette fin d'après-midi. Tu trottines d'un pas léger. Tu as l'air davantage d'une joggeuse que d'une coureuse.

J'accélère ma foulée et me rapproche rapidement sans que tu le remarques. Je cours à pas de loup. Alors que je suis sur le point de te rattraper, tu vires brusquement et disparais dans un boisé que je n'avais pas remarqué entre deux immeubles.

Je te suis et me faufile entre les arbres moi aussi. L'étroit sentier débouche sur un autre, plus large, qui se perd en mille zigzags. Je t'aperçois sur la droite, tu files à bonne vitesse. Je te prends en chasse, mais j'ai beau pousser, je ne gagne pas de terrain. Je m'impatiente. Rien à faire, il me faut hausser sérieusement le rythme pour finalement parvenir à me rapprocher peu à peu.

Je n'ai pas l'habitude de courir en forêt. Le terrain y est irrégulier et il est difficile de maintenir une cadence constante. Ça m'énerve. Je cours de façon désordonnée, moi qui suis pourtant un métronome sur le bitume.

Toi, tu files avec une aisance déconcertante. Tu t'adaptes aux variations de terrain naturellement. Tu bondis entre les talus quand cela s'avère plus rapide. Tu cours tout en souplesse alors que moi, derrière, je bute sur tous les obstacles. Tu files. Je pioche. La sueur coule sur mes tempes, mes poumons brûlent et mes jambes me font terriblement souffrir. C'est à peine si j'arrive à maintenir l'écart entre nous.

Nous atteignons une longue montée. Voilà l'occasion que j'attendais. Mais plutôt que de ralentir, tu accélères. En essayant de t'imiter, je trébuche sur une grosse racine et mon élan me projette dans les airs. Je roule sur moi-même et me retrouve finalement étendu de tout mon long sur le sol humide.

Humilié, je me relève d'un bond. Je grimpe à toute vitesse la colline. Au sommet, je me retrouve devant une intersection. Quel chemin as-tu pris ? Droite ? Gauche ? Tu as disparu.

Mon genou droit me fait souffrir. La chute a laissé des égratignures, certaines sont profondes et saignent.

Le vendredi suivant, je suis installé dans un coin du Fort, le bar que fréquentent plusieurs étudiants du cégep. Je bois une grosse Black Label. L'alcool me grise ou m'engourdit. Je m'en fous.

Il y a deux filles sur la piste de danse. L'une est petite avec de longs cheveux roux, l'autre est grande, élancée, avec une tignasse noire dressée en pointes.

Je suis le seul à te reconnaître. Tu portes un kilt écossais, des bas noirs en filet et une camisole noire qui met en évidence tes longs bras à la peau claire. Tu danses frénétiquement, en sautant sur la piste sans te soucier des autres. Les gens te regardent, perplexes. T'es trop *weird* pour cette ville.

Je ne sais pas pourquoi, moi, je vais danser avec toi. Quelque chose me pousse à me lever de mon banc et à me joindre à ta sarabande. Tu ne me regardes pas, mais tu ne t'éloignes pas. Nous dansons sur *Hateful* de The Clash. Et tu chantes les paroles avec Strummer.

> *« This year I've lost some friends*
> *Some friends? What friends?*
> *I dunno, I ain't even noticed. »*

Et j'ai l'impression que Joe et toi chantez pour moi seul. Alors je chante moi aussi, même si, à cause de la musique assourdissante, personne ne m'entend.

> *« I've lost my memory*
> *My mind? Behind!*
> *I can't see so clearly. »*

Comme nous avons épuisé nos corps jusqu'au soulagement, nous allons nous asseoir. Je te paye un verre. On discute. Tu me parles de la musique que tu aimes : The Ramones, Dead Kennedys, Siouxsie and the Banshees, mais aussi Soft Cell, Simple Minds, Talking Heads.

Pour la première fois, tu me parles vraiment. On ne dit rien de bien profond. Mais je suis heureux. J'aime déjà tes yeux verts, ta bouche aux lèvres pulpeuses. L'alcool aidant sans doute, tu me souris vraiment. Ça te va bien, sourire.

Je t'embrasse et tu me laisses faire. Je glisse ma main sur ta nuque moite. Ton cœur s'emballe au fond de ta poitrine. Je caresse ta cuisse, mordille ton cou. Ta peau chaude goûte le sel. Je t'embrasse doucement, pose une main sur ton ventre, la glisse sous le tissu. Je sens les frissons qui nous emportent.

Puis, soudainement, tu te raidis. J'insiste. Je veux un autre baiser. Tu détournes la tête.

— Que se passe-t-il, Leslie ?

Je me sens fébrile et, toi, tu gardes un étrange silence. De gros nuages impénétrables traversent ton regard et ton corps se tend comme un arc. Je veux te serrer contre moi, mais tu me repousses doucement. Il y a maintenant un fleuve entre nous.

— Je n'en vaux pas la peine.

Tu dis ça sans me regarder, tes beaux yeux assombris fixent maintenant le plancher sale du bar.

— Laisse-moi juger de ça.

J'insiste encore. Tu es si différente des autres filles du cégep. Ça me plaît, moi qui me suis toujours senti étranger dans ma ville.

— Si tu me connaissais vraiment, tu te sauverais en courant.

Je jure que non. Je ne suis pas comme ça. De toute façon, qu'as-tu donc fait de si grave ?

— C'est compliqué.

Le genre de réponse qui m'énerve parce qu'il n'y a rien à redire. Mais je persévère, je veux savoir. Ça compte pour moi. Ce que je ressens près de toi, je ne l'ai jamais éprouvé auparavant. Mais tu éludes mes questions et tu ne lâches pas du regard le maudit plancher. Finalement, épuisée peut-être, tu laisses tomber :

— Regarde, Jean-Nicholas. Je fais de la prostitution. Je suis *fuckée*. Alors oublie-moi, veux-tu ?

Je suis estomaqué. Toi ? Prostituée ? Toi qui es si farouche et inaccessible ? Ça ne colle tellement pas avec l'image que je me fais de toi. Mais je ne me laisse pas démonter. Tu as sûrement tes raisons.

— Ça ne me dérange pas, Leslie ! Ce qui compte, c'est comment tu es avec moi.

Je parle comme un valeureux chevalier et je me sens un peu comme tel. Je vais te sauver. Je ne sais pas pourquoi tu en es là. Je ne suis qu'un jeune homme mal dans sa peau qui ne voit que des nuages à l'horizon. Je voudrais devenir journaliste, mais les perspectives d'emploi sont nulles. Avocat? C'est pareil. Ce serait plus simple si j'étais fort en maths. Je pourrais être médecin. Mon avenir serait plus simple.

Mais ça n'arrivera pas. Je joue bien de la musique, mais même si j'ai un certain talent je ne peux pas non plus penser à en faire une carrière. *No future*, c'est aussi ça.

Nous sommes en 1980, le taux de chômage est à 16 %, les taux d'intérêt sont à 20 %. La révolution conservatrice déferle sur le monde en crise. Margaret Thatcher et Ronald Reagan prêchent les compressions, les mesures de restrictions. L'austérité! Brian Mulroney aussi, au Canada. C'est une époque déprimante pour devenir un adulte.

On s'accroche à ce qu'on peut dans la vie. Et là, moi, je veux t'aider. Moi qui ne crois en rien, encore moins à un monde meilleur, je veux croire en toi. Et en ces sentiments que je ressens. Je vibre, c'est déjà beaucoup, non? Je sais, je suis ridicule avec mes convictions.

Tu finis par sourire. Tu me prends sans doute pour un cinglé. Tu m'embrasses. Tes lèvres sont si douces.

Je vais nous chercher une autre bière. Tu me racontes ta vie. Ton enfance à Boucherville, tes parents, tes professeurs. Tu ne t'es jamais sentie à l'aise. La drogue pour oublier. Puis les pipes pour te la payer. Tu ne couches jamais avec les types, tu te limites aux fellations. Quand tu as commencé, tu ne savais pas trop comment faire et ça te prenait du temps. En améliorant ta technique, tu as pu gagner plus d'argent. Tu me regardes avec défi. Tu veux me dégoûter de toi ? Au contraire, ça ne fait que renforcer ma volonté de t'aider à t'en sortir.

Ce soir-là, je te raccompagne chez toi. Tu me laisses dormir dans ton lit.

Depuis, nous nous voyons beaucoup. Parfois, tu souris, tu sembles heureuse et, soudain, les nuages reviennent assombrir ton regard.

Quand nous faisons l'amour, c'est toujours doux, mais tu ne jouis jamais. Je m'en veux, alors tu m'expliques que ce n'est pas ma faute, que tu n'y arrives pas, tu me dis de ne pas m'en faire. Pourtant, j'aime tellement te tenir dans mes bras. J'aime ton corps, long et lisse, ta peau presque translucide, tes seins ronds, tes jambes fines et fermes de coureuse.

Il arrive que ton corps se réveille. Comme cette fois où nous avons fait l'amour dans la douche. Je t'ai pressée contre le mur, je me suis agenouillé devant toi. Je t'ai caressée ainsi longtemps. Tu as enfoncé tes doigts dans mes épaules, tu m'as relevé et tu t'es retournée. Je t'ai prise rapidement, tu as crié, mais au dernier moment quelque chose s'est brisé. Comme si quelqu'un venait d'entrer dans la pièce, avait ouvert la lumière et rompu le charme. Peut-être était-ce ce qui se passait en toi ? Peut-être voyais-tu apparaître des ombres, des visages, ceux des types de la rue?

Les fins de semaine, tu disparais à Montréal. Tu vas chez ta sœur. C'est là que ça se passe. Nous n'en parlons pas. Ça fait mal, mais je dois faire preuve de courage. C'est ma manière de te prouver mon amour et de me prouver à moi-même que je peux être ce chevalier courageux, pas juste un type de plus dans cette ville grise.

J'ai l'impression que tu y vas de moins en moins souvent. Quand tu restes, nous en profitons pour courir ensemble. J'adore ces moments où nous nous enfonçons dans la forêt. J'aime te suivre, car j'ai chaque fois l'impression que tu te transformes en celle que tu es réellement. La souplesse de ta foulée m'impressionne toujours. Ce n'est pas que tu sois particulièrement rapide, c'est plutôt que tu sembles anticiper les variations du terrain. Tu prends plaisir à maîtriser les obstacles que la nature met sur ton chemin.

Tu ne suis aucun programme d'entraînement spécifique, contrairement à moi, qui calcule et mesure tout. Tu cours à l'instinct. Parfois, j'ai l'impression que c'est le seul moment où tu te sens vraiment libre. Quand tu fonces entre les arbres, tu sèmes les ombres, aucun visage ne peut venir rompre le charme. Il n'y a que toi. Et moi qui tente maladroitement de te suivre.

Un lundi matin, tu ne te présentes pas à tes cours. Je passe chez toi. Tu m'ouvres, mais tu parles à peine. Tu n'oses pas me regarder dans les yeux, ta longue frange tombe sur ton visage.

Il y a de fines lignes rouges sur ta joue droite.

— Qu'est-ce que c'est, Leslie?

— Rien.

— Ce n'est pas rien. Ce ne sont pas de simples éraflures. Raconte-moi!

Je monte le ton malgré moi. Tu serres les lèvres. Quand tu fais ça, c'est que tu te refermes comme une huître. J'insiste.

— Raconte-moi, je t'en prie. Que s'est-il passé?

Un long moment passe sans que ton regard se détourne du plancher de la cuisine. Puis tu commences à parler d'une voix tremblante.

— Je marchais sur Dorchester, pas loin de la rue Guy. Il y a un terrain vague. Un gars en est sorti. Il tenait un couteau et il m'a forcée à le suivre. Je n'ai pas eu le choix. Il m'aurait piquée. Il m'a traînée au fond en me menaçant de la pointe de son arme. Il voulait que je le suce. Et il passait sa lame sur ma joue. Il me disait qu'il me découperait la face. Je n'arrivais pas à bouger. J'avais peur, t'as pas idée. Je sentais la lame couper ma chair. J'étais tétanisée.

— T'es pas sérieuse? Il t'a pas fait ça?

Je n'arrive pas à comprendre. Tout ça me dépasse. Toi, tu continues ton récit d'une voix éteinte.

— Il n'arrêtait pas de me dire : « Suce-moi ! Envoye ! Suce-moi, maudite pute ! » J'ai pas eu le choix. J'ai pris sa queue dans ma main, j'ai commencé à le branler. Il était excité comme un porc. Quand il a été sur le point de venir et qu'il a fermé les yeux, j'ai saisi le couteau. Et, là, il a eu vraiment peur. Je l'ai piqué avec la lame.

— Tu l'as tué ?

— J'aurais dû. Je voulais juste l'effrayer. Je l'ai juste piqué un peu. Assez pour le faire saigner. Pour lui faire sentir ce que c'est qu'une lame qui te tranche la peau. Le salaud a pris ses jambes à son cou.

— Qu'as-tu fait de l'arme ?

Tu sors un énorme couteau de ton manteau de cuir noir et le poses sur la table. Je regarde la lame. Puis ta joue ciselée de rouge. J'ai envie de pleurer et, toi, tu restes muette. Je te prends dans mes bras. Il n'y a rien à dire de toute façon. Nous sommes restés ainsi longtemps.

◊ ◊ ◊

Après ça, tu n'es plus retournée à Montréal. Je me souviens de cet après-midi. C'était dimanche, nous revenions de courir. Tu volais.

— Tu devrais venir courir sur mon terrain pour une fois.

— L'asphalte, c'est pour les *losers*. La forêt, c'est pour les bêtes sauvages, comme moi.

— Pouah ! Tu dis ça parce que tu serais incapable de tenir la cadence dix minutes.

Tu rigoles, puis éclates de rire. En fait, je ne l'avoue pas, mais je commence à aimer courir dans ta forêt. C'est l'endroit où je te trouve le plus détendue. Le plus toi-même. Et j'aime te voir sourire, même si je ne me fais pas d'illusions pour l'avenir.

— Leslie, tu vas finir par me laisser.

Tu me regardes sans rien dire.

— Pourquoi dis-tu ça ?

— Je vais t'aider à sortir de tout ça, puis un jour tu vas me quitter parce que je serai tout ce qui te le rappelle.

Tu ne dis rien. Tu fixes le sol.

— Je le sais, Leslie, mais je t'aime assez pour t'emmener jusque-là.

Tu souris. Je crois. Je n'en suis plus sûr quand j'y repense. Les images deviennent de plus en plus floues avec le temps. Je me souviens pourtant de ce moment. Je suis avec toi et je ressens un mélange de fierté et de tristesse. Je suis un chevalier qui ne doute pas d'arriver à abattre le dragon, tout en sachant qu'il n'en sortira pas tout à fait indemne.

Aujourd'hui, je ris de ma naïveté de jeune homme. Je n'avais jamais aimé une femme avant toi. J'avais peu d'amis auxquels je tenais et pas de plans d'avenir. Ton bien-être me semblait un objectif de vie louable et le romantique que j'étais encore malgré moi éprouvait de la fierté à l'idée d'accepter de souffrir pour l'atteindre.

J'étais plus généreux à cette époque que je ne le suis maintenant. J'étais peut-être davantage capable d'aimer, tout simplement.

J'ai décidé de m'inscrire en journalisme finalement. Avec toi, j'ai appris à croire que je pouvais accomplir quelque chose.

À la fin de la session scolaire, tu es retournée chez tes parents pour l'été. J'avais été accepté à l'Université Laval et, toi, tu avais décidé d'étudier en horticulture à Montréal. Après ce que tu avais vu des hommes, ce n'était pas étonnant de te voir te tourner vers les plantes.

Pendant cet été-là, j'allais à Boucherville aussitôt que je le pouvais. Tes parents étaient gentils. Surtout ta mère, à qui tu ressembles beaucoup. Quand l'université a commencé, tu m'as laissé.

Tu avais besoin d'air. Je t'ai rappelé ma prédiction et tu as grimacé un peu. Tu m'as embrassé. Et tu es partie. J'ai ressenti un vide immense. Mais pas le sentiment d'avoir été trahi. J'ai même ressenti de la fierté. Le dragon avait été terrassé. Plus besoin de chevalier maintenant. Il pouvait disparaître.

On s'est quand même écrit quelques fois. C'était toujours moi qui prenais des nouvelles. Au début, tu m'en donnais. Puis je n'en ai plus eu.

Quatre ans plus tard, alors que je viens de commencer mon premier boulot de journaliste à Chicoutimi, que j'ai pris une chambre dans une famille, car c'est tout ce que je peux me payer avec mon maigre salaire, le téléphone sonne. Au bout du fil, j'entends une voix que je ne reconnais pas mais qui me semble familière.

— Bonjour, Jean-Nicholas !

— Allô.

— C'est madame Caron. La mère de Leslie.

Ta mère. Mon cœur se serre.

— Tu dois être étonné de mon appel, bien sûr. Mais il est arrivé quelque chose à Leslie.

— Quoi ?

— Elle va bien. Elle va mieux, en fait. Écoute, je ne veux pas t'importuner, mais je ne savais pas vers qui me tourner.

Je veux tout savoir. Elle m'explique que tu n'allais pas bien depuis quelque temps. Tu avais abandonné ton travail. Ta mère voyait bien que quelque chose clochait, mais elle ne savait que faire.

Puis tu as essayé de t'enlever la vie en avalant une flopée de pilules. Mille images déferlent dans mon esprit. J'ai le cœur noué et une douleur au ventre, comme quand j'étais adolescent et que le monde m'apparaissait dénué de sens. Tout cela revient en un instant. À cause de toi.

— Ça va bien, ne t'inquiète pas pour sa santé. Mais elle n'a personne vers qui se tourner et ça m'inquiète. C'est pour ça que je t'appelle. Ça ne te tente pas de lui parler ? Je ne sais pas, juste pour jaser. Tu es la seule personne à la comprendre, je crois.

Je dis à ta mère que je suis loin d'être certain de te comprendre. Qui peut vraiment savoir la blessure qui te fait ainsi errer ? Après tout, tu as grandi dans une famille normale où tu n'as manqué de rien.

Je fais ce que ta mère m'a suggéré et je t'appelle le lendemain, comme si, par hasard, quatre ans plus tard, je prenais des nouvelles.

Au téléphone, ta voix semble claire. Rien ne laisse paraître que, quelques jours plus tôt à peine, tu as voulu l'éteindre pour de bon. C'est bien toi, ça. Une huître.

Je te parle du Saguenay où je travaille. Je te raconte que l'endroit est magnifique. Il y a le fjord, bien sûr, mais aussi le lac immense et majestueux.

— Mais je ne connais pas grand monde ici. Avec le travail, ce n'est pas si facile de se faire des amis. Ça ne te dirait pas de venir faire un tour ?

— Au Saguenay ?

— Ben oui, Leslie. Tu ne travailles pas, ça va te changer les idées. À moi aussi. On va visiter les environs. Viens juste une semaine, je te paye le billet.

Tu as bien sûr deviné que ta mère m'avait prévenu, mais tu fais comme si de rien n'était et, à ma grande surprise, tu acceptes mon invitation.

— Ouin, tu as peut-être raison. T'as encore la même gueule de connard ?

— Oui, Leslie, ça, ça n'a pas changé.

Ça fait plaisir d'entendre un sourire dans ta voix.

Le vendredi suivant, je te cueille au terminus d'autobus. Tu es restée la même, sinon que tu ne portes presque pas de maquillage et que tu te coiffes différemment. Tu as encore de la difficulté à offrir autre chose que ce demi-sourire coincé. Mais tu sembles contente de me voir et ça me suffit.

— Tu as apporté tes souliers de course ?

— Oui, mais je ne suis pas en super forme.

— C'est le moment que j'attends depuis longtemps pour te foutre une raclée en forêt !

Tu me regardes, l'œil amusé. Et tu souris.

◊ ◊ ◊

Neuf jours plus tard, nous sommes de retour au terminus. Je te crois dans un meilleur état. Nous sommes allés courir plusieurs fois à La Baie dans les sentiers qui longent le fjord. Te retrouver dans la nature, surtout quand elle s'exprime de façon aussi majestueuse, t'a fait du bien. J'aime encore courir avec toi. Avec tes souliers, au milieu des arbres, tu es enfin celle que tu dois être. Ne me demande pas pourquoi, je ne le sais pas, toi non plus.

Pendant que je travaillais, tu restais à la maison. Tu dormais le plus souvent. C'est moi qui préparais le souper en arrivant. Nous ne parlions pas de ce qui s'était passé. Mais tu m'as raconté ta vie des quatre dernières années. Tu as obtenu un diplôme et tu es devenue horticultrice. Tu es allée travailler en Gaspésie.

— Pourquoi si loin?

— Bof, là ou ailleurs. J'ai terminé ce qui me manquait de cours au cégep Édouard-Montpetit, à Longueuil, et là j'en ai eu marre de rester à Boucherville chez mes parents. Je voulais foutre le camp le plus loin possible. Là où je suis allée, c'était correct, mais à l'hiver je me suis retrouvée au chômage, bien sûr. Je suis restée. C'est une petite place et, quand les touristes partent, il n'y a pas grand-chose d'autre à faire que boire. En tout cas, pour les gens avec qui je me tenais. On se rencontrait toujours chez un des gars, qui avait une maison au bout d'un rang, et on se soûlait la gueule. C'était rigolo au début, mais à la fin je n'en pouvais plus.

J'ai cru comprendre que tu étais plus ou moins tombée amoureuse du type de la maison. Que tu étais restée deux ans là-bas. Et que tu en avais marre. Tu étais revenue avec une grosse gueule de bois.

Avant de partir, tu as tenté de me rassurer.

— Je vais bien. T'inquiète pas pour moi.

Tu m'as souri. Et tu t'es engouffrée dans le bus. Nous sommes restés en contact. Je t'appelais de temps en temps. J'ai su que le type de la Gaspésie avait déménagé à Montréal et était revenu dans le portrait.

La dernière fois que je t'ai vue, c'était il y a dix ans. Je travaillais dans une salle de nouvelles à Montréal. Tu es venue me rejoindre à mon appartement de la rue Alexandre-DeSève. Tu m'as raconté que ça allait mal.

— Ça a failli être le divorce la semaine passée. C'était chaud.

Je n'ai pas trop compris ce qui n'allait pas. Je n'ai pas cherché à le savoir.

J'étais content de te revoir. Tu étais aussi belle qu'avant et, au fond de mon cœur, tu étais encore un peu à moi.

Je t'ai poussée contre le mur et je t'ai embrassée. Comme avant, j'ai senti ton cœur s'emballer. Comme avant. J'ai ouvert ta chemise. Ta peau goûtait encore un peu le sel. J'ai toujours aimé ça. J'aurais dû te le dire.

J'ai enlevé tes vêtements, les ai éparpillés dans la cuisine. Nous avons fait l'amour sur le comptoir, sur le divan. Je ne sais pas si tu as joui. Mais tu as souri.

Après, on s'est écrit quelques fois. Puis plus de nouvelles. Jusqu'à cet appel qui m'amène ici, dans ce corridor glauque. J'ai su tout de suite au son de la voix qu'il s'agissait d'un policier. J'en ai rencontré plusieurs dans mon travail au fil des ans et ils ont tous ce langage emprunté. On doit leur apprendre ça à l'école de police de Nicolet. Langue de bois 101.

— Vous êtes Jean-Nicholas Legendre?

— Oui. C'est bien moi. Pourquoi?

L'agent m'a raconté que tu avais sans doute eu un accident en courant en forêt. Je ne sais trop comment expliquer l'effet qu'a eu sur moi le fait d'entendre l'homme parler de toi au passé. J'avais l'impression qu'il parlait de quelqu'un d'autre.

— Il semble qu'elle était en train de courir dans les sentiers du mont Saint-Hilaire. Pour une raison inconnue, elle aurait trébuché dans le secteur de Rocky, en haut du gros cap de roc. La chute ne lui a laissé aucune chance, malheureusement.

— Mais pourquoi est-ce moi que vous appelez?

— Nous ne lui avons trouvé aucune famille. Ses parents sont décédés, elle n'a pas de conjoint ni d'enfants. Et j'ai trouvé une vieille carte professionnelle à votre nom sur elle. Elle date de l'époque où vous travailliez au Saguenay, monsieur Legendre. C'est comme ça que je vous ai retrouvé. Vous êtes la seule personne qui puisse identifier officiellement sa dépouille.

Tu ne peux pas avoir glissé malencontreusement, comme le croit ce policier. Tu ne perdais jamais pied en forêt. C'est moi qui le faisais.

Je pose mes écouteurs sur mes oreilles. Le policier me fait signe de le suivre.

La guitare de Mick Jones suit le rythme de la batterie de Headon. Le riff de basse de Simonon enchaîne et Joe Strummer hurle : « *London Calling…* »

Michel Jean est journaliste et auteur de six livres, dont quatre romans. Son plus récent titre, Le vent en parle encore, *constitue l'un des succès littéraires de l'année 2013. Bien que son sport de prédilection soit le vélo, il ose la course à pied en forêt de plus en plus souvent.*

LA GOMME À LA CANNELLE

Ce matin-là, il pleuvait. Une pluie drue nous tombait dessus, en rafales, par paquets. Un de ces dimanches matin de novembre où le temps semble immobile, où on a une seule envie, celle de rester sous ses draps toute la journée. Je ne voulais pas sortir courir, mais j'étais curieuse de la croiser, elle. Chaque matin, elle était là. Pendant que je trottais lentement, elle enfilait les tours du parc à une vitesse intense. Elle courait comme si rien d'autre n'avait d'importance.

Avec ses souliers vert fluo, je pouvais la repérer de loin. Je savais qu'elle me voyait aussi, qu'elle me cherchait du regard. Elle était routinière, tournait toujours dans le sens des aiguilles d'une montre au début, puis dans l'autre, avant de revenir au premier. Plusieurs fois, elle effectuait ces changements de rotation. Et elle courait longtemps. Beaucoup plus que moi. Elle était là avant mon arrivée et continuait de courir alors que je faisais mes étirements, appuyée sur le gros frêne au coin de la rue. Elle courait toujours alors que, moi, je retournais à la maison en marchant.

◊ ◊ ◊

J'étais obsédée par cette femme, je cherchais à découvrir pourquoi elle courait autant, à quoi elle pensait, comment elle arrivait à être aussi élégante, tandis que je courais comme une tortue. On me répétait sans cesse que j'avais juste à le lui demander, à lui parler. Personne ne comprenait. Je ne pouvais pas la déranger dans sa course, elle avait l'air si déterminée. L'arrêter en plein élan ? Non, c'était impossible. Courir avec elle pour lui parler ? Valait mieux ne pas y penser… De toute manière, pourquoi aurait-elle voulu me parler ?

La première fois que je l'ai vue, c'était il y a environ un an. Elle courait déjà plus vite que moi à l'époque. Elle me rendait mon sourire quand on se croisait, avec un petit signe discret de la main. Je n'avais pas besoin de plus. Il suffit de peu pour redonner du courage aux jambes fatiguées, au souffle court, au cœur qui accélère, à la coureuse qui a juste envie d'arrêter, maintenant. Elle était belle avec ses longs cheveux roux qui volaient derrière elle à chaque enjambée. Le teint clair, quelques taches de rousseur, radieuse. Je l'enviais. J'avais toujours voulu être aussi belle qu'elle. Moi, je n'étais pas tout à fait mince. Je me disais que, si elle m'encourageait, je devais continuer à courir.

Elle avait le même âge que moi, je pense. Son corps était parfait, tout en courbes, elle était voluptueuse et musclée à la fois. Du haut de mes courtes jambes, j'étais jalouse des siennes, dignes d'un mannequin. Je la voyais parfois courir avec son copain, d'une foulée synchronisée, mais moi je courais seule, tout le temps. Franchement, elle m'énervait avec ses explosions de bonheur sur le visage.

J'étais certaine qu'elle avait beaucoup d'amies, avec qui elle passait de bons moments, et aussi qu'une tonne de gens l'appelaient. En plus, elle avait sûrement un bon travail, des plans d'avenir avec son amoureux, des envies de «bébés-maison-chien» et tout le tralala. Moi, je n'avais rien de tout ça, juste des chats qui m'attendaient en miaulant dans mon petit appartement et un boulot correct, sans plus.

Elle était heureuse. Pas moi. J'avais tout pour l'être pourtant, j'étais en santé. Toutefois, je vivais des moments difficiles. De ceux qui nous empêchent de respirer, vous savez, ceux qu'on voit dans les films d'amour cucul avant que tout se rétablisse et que les personnages vivent heureux et fassent beaucoup d'enfants. Avant qu'enfin le héros annonce qu'il s'est trompé, qu'elle est la femme de sa vie, qu'il ne peut plus vivre sans elle, qu'elle lui tombe dans les bras, en larmes, alors que le générique final démarre avec une chanson quétaine qui nous reste dans la tête pendant des jours. Ver d'oreille.

Mon héros à moi, il était plutôt parti comme ça, sans explication. J'avais trouvé mes clés sous le tapis, une lettre et un paquet de gomme à la cannelle sur le coin de la table. «Merci pour tout. xxx» La gomme, c'était une petite douceur entre nous. La première fois qu'il m'avait adressé la parole, j'étais dans une file d'attente pour entrer dans un bar avec une amie. Je devais y rencontrer un garçon déniché sur Internet. J'étais nerveuse et il l'avait remarqué, car il écoutait notre conversation, devant nous, dans la file. Sans rien dire, il m'avait tendu son paquet de gomme à la cannelle avec un sourire désarmant. Je ne me suis jamais rendue dans le bar. Je suis partie avec lui, laissant mon amie annoncer à ma *date* que j'avais filé en douce avec un autre. Elle était furieuse contre moi.

Nous avons passé la soirée ensemble à manger des desserts trop sucrés et à boire du thé dans des tasses dépareillées, dans un petit resto grano, assis sur un divan élimé, sous la lumière orangée d'une lampe suspendue. Le lendemain, il m'a appelée pour m'inviter à prendre un verre, deux jours plus tard, à faire une randonnée de vélo, puis simplement parce qu'il ne pouvait plus se passer de moi. Il s'appelait Simon.

C'est après six mois de sourires en coin, de regards charmeurs, de caresses et de déjeuners au lit qu'il a disparu de ma vie. En plein cœur de la lune de miel. Il n'a plus jamais répondu à mes appels ni à mes courriels. J'ai eu envie d'essayer les signaux de fumée, mais ça n'aurait rien donné puisqu'il avait quitté le pays pour plusieurs mois. Son voyage était prévu avant qu'on se rencontre. Il ne m'en avait pas parlé. J'ignore toujours pourquoi.

J'ai appris qu'il était monté dans un avion en allant sonner chez lui par un matin frisquet d'avril après avoir passé une nuit blanche, inquiète de ne plus avoir de réponse de sa part. J'imaginais l'horreur, l'accident, l'hôpital, la morgue, le cimetière. La réalité était pire encore, il m'avait effacée… Il n'habitait plus là. J'aurais voulu lui parler, comprendre, juste comprendre. Il n'a pas essayé de me contacter. Je ne l'ai pas cherché non plus. À quoi bon courir après quelqu'un qui nous a laissé sur le coin de la table un simple paquet de gomme à la cannelle?

Je me retrouvais seule, je n'osais pas appeler qui que ce soit, de peur de déranger les vies trop parfaites. Mes amies comprenaient, mais l'ampleur de ma peine dépassait l'entendement et leurs vies avaient pris un autre tournant. Elles seraient toujours là pour moi, mais je ne me donnais pas le droit de briser leur bonheur avec mes bibittes obscures. Oh, plusieurs personnes me donnaient des nouvelles. Elles m'appelaient pour me raconter leurs problèmes, la chicane de couple, le chien malade, le petit dernier avec la morve au nez, la crevaison, les nausées de grossesse ou les heures supplémentaires au bureau. J'avais toujours été celle à qui on confiait ses malheurs, petits et gros. Celle qui était là pour les autres, pour consoler, pour écouter, à n'importe quelle heure du jour ou de la nuit. Mes amis savaient que je n'allais pas bien, mais j'imagine qu'ils étaient trop occupés par leur vie et qu'ils me savaient forte. Celle qui ne s'écroule jamais, comme un chêne: un chêne, ça ne peut pas tomber, ça résiste à tout. J'ai vacillé, mais je ne me suis pas éteinte. Comme une chandelle dans la tempête, j'ai résisté. Avec peine, je suis revenue, plus forte, plus brillante, mais avec cette faiblesse cachée au fond du cœur, tremblante. Fragile.

Et, un jour, je suis passée devant une boutique de sport. Je suis entrée et j'ai acheté des souliers de course en me disant: «Pourquoi pas? Tout le monde peut.» Le lendemain, je crachais mes poumons après cinq minutes à une vitesse de tortue agonisante. J'ai continué, jusqu'à ce que j'arrive au bout du parc sans marcher, parce que courir, après tout, c'est juste mettre un pied devant l'autre et recommencer.

Quelques semaines plus tard, je courais jusqu'à ce que j'arrête de penser, un peu. Jusqu'à 5 kilomètres. Rendue là, je me suis dit: «Pourquoi ne pas essayer de me rendre à 10 kilomètres?» J'ai continué à courir pendant les semaines et les mois suivants. J'ai couru jusqu'à ne plus avoir envie de pleurer en me couchant le soir, jusqu'à oublier son visage, ses yeux doux, jusqu'à ne plus avoir d'autre douleur que celle des muscles de mes jambes, de mes poumons en feu. J'ai changé de souliers, j'ai acheté de nouveaux vêtements, les anciens étant trop grands, j'ai ajouté une ceinture d'hydratation, un bandeau dans les cheveux, des bas de compression, des crèmes pour les pieds. J'étais une «vraie» coureuse. J'exagérais.

Puis, par un beau dimanche de juin, alors que le soleil brillait, j'ai rencontré cette fille dans le parc. Elle n'avait jamais couru à cette heure matinale. Ou peut-être ne l'avais-je simplement pas remarquée, trop prise par mes démons et mon envie d'oublier la douleur sourde de mon corps.

Je n'ai pas trop cherché à savoir pourquoi cette fille me dérangeait tant, pourquoi j'étais si jalouse de tout ce qu'elle avait que, moi, je n'avais pas. Elle m'empêchait de m'enliser dans cette ridicule peine d'amour qui n'en finissait plus de finir. Cet amour que j'avais espéré et dorloté jusqu'à y croire, enfin. Cette fille était tout ce dont j'avais besoin, un rempart, quelque chose d'autre pour occuper mes pensées.

À force de la voir courir avec autant de détermination, je me suis dit: «Pourquoi pas 21,1 kilomètres, un demi-marathon?» J'ai couru. Encore. Beaucoup. J'ai ajouté des étirements, du yoga, du vélo. Encore. Toujours plus. Presque trop pour mon corps fatigué de tant de peines passées. Chaque matin d'entraînement, j'avais envie de rester au lit, d'aller prendre une douche interminable et de boire du thé jusqu'à en avoir l'estomac retourné. Tout sauf enfiler mes satanés souliers de course. Je les avais choisis bleus, comme une vraie fille, pensant que j'aurais envie de les porter davantage, mais non. Puis j'avais une pensée pour cette fille trop parfaite. Elle n'abandonnerait pas, elle. Alors je sortais et je donnais le meilleur de moi. À cause d'elle, pour dépasser cette fille que je ne connaissais pas, pour cette rousse que je voyais comme une championne, une rivale, sans jamais avoir entendu le son de sa voix.

Le jour de mon demi-marathon, sur le fil de départ, c'est encore à elle que j'ai pensé. À cette fille qui courait avec élégance et aisance. À cette fille qui avait la vie devant elle, puis à celle que j'avais aussi été et que j'allais redevenir au bout de ces 21,1 kilomètres de sueur. Après ça, j'allais être libérée. Enfin, c'est ce que j'espérais. J'ai couru, le sourire aux lèvres. En 2 h 9 min, j'ai atteint la ligne d'arrivée. Et je suis rentrée chez moi. Ce soir-là, je n'ai pas pensé à lui. J'ai dormi.

J'ai poursuivi la course, parce que j'aimais la sensation de mon corps qui répond à mes exigences, parce que j'aimais sentir mes muscles souffrir un peu. Parce que j'avais encore quelques noms à écraser sous mes souliers. Et aussi parce que je voulais continuer de la voir. Je l'enviais encore, mais un peu moins, j'étais plus curieuse qu'autre chose. Elle qui me souriait, qui m'offrait son pouce en l'air, qui hochait la tête en me croisant et qui me saluait de la main au loin quand elle m'apercevait, j'avais envie de la connaître sans vraiment savoir comment l'aborder. J'avais peur de me faire encore une fois une amie qui n'en serait pas vraiment une.

Ses sourires se faisaient plus discrets depuis quelque temps. Elle devait avoir quelques soucis avec son copain. Peut-être même avaient-ils rompu. Ou encore, elle n'avait pas obtenu la promotion qu'elle convoitait, elle avait des problèmes avec sa voiture, sa mère était malade. Elle avait peut-être attrapé quelque chose, un petit rhume. Ça ne pouvait pas être quelque chose de grave. Les malheurs n'arrivent pas aux héros.

J'avais besoin de la revoir parce qu'elle faisait partie de ma vie, de ma routine de course. J'avais l'impression de ne plus être seule quand je la voyais. Bien sûr, je ne la connaissais pas vraiment, je lui imaginais une vie qui était probablement loin de la vérité, mais le simple fait de penser à elle me calmait dans les pires moments de mon existence. Sa force tranquille et sa détermination m'apaisaient. Elle était mon inspiration. Je me disais tout le temps : « Elle ne baisserait pas les bras, alors moi non plus ! »

Puis, un dimanche, elle n'a pas répondu à mon sourire, elle regardait ailleurs en me croisant. Je n'y ai pas fait trop attention, et j'ai encore souri au tour suivant, les yeux vers elle. Rien de son côté. C'était comme si elle ne me voyait pas. Son regard était vide. Elle avait ralenti le rythme, courait plus lentement. Parfois, elle marchait même pendant son parcours, essoufflée. Alors je marchais derrière elle, inquiète.

Je courais de nouveau seule, mais j'avais confiance, elle reviendrait. Elle ne pouvait pas m'abandonner, c'était grâce à elle si j'avais réussi, grâce à elle si je courais encore et si je n'avais pas sombré dans la folie.

Quelques semaines plus tard, j'ai remarqué des cernes sous ses beaux yeux, ses traits étaient tirés. J'étais tellement concentrée sur ma propre souffrance que je n'avais pas remarqué la sienne. Elle ne courait plus par plaisir, mais par habitude. Elle n'allait pas bien.

J'aurais voulu l'inviter à prendre un thé, à manger une soupe ou des macarons, à s'étendre au soleil après la course en écoutant de la musique. Je ne sais pas combien de fois je me suis dit : « Si elle me regarde aujourd'hui, je lui dis bonjour », « Si je traverse la rue en quinze pas, je lui demande son nom », « Si elle porte son chandail rose, je cours avec elle. » Chaque fois, je manquais de courage.

J'aurais voulu lui parler juste pour le plaisir de ne pas être seule pour une fois. Parce que, oui, je suis seule. Je cours seule. Toujours. Mais aussi parce que j'étais inquiète de la voir dépérir. Sa présence m'était importante, mais notre relation était silencieuse.

◊ ◊ ◊

Alors que la pluie continuait de battre ma fenêtre, je me suis levée. Tranquillement. J'ai pris le temps de m'habiller. Lentement. J'espérais que la pluie cesse, que le soleil se montre le bout du nez. Un verre de jus d'orange plus tard, il pleuvait toujours à verse. Dans un soupir, j'ai enfilé mes souliers, consciente qu'ils se mouilleraient rapidement. Je suis sortie sans mon téléphone, que la pluie aurait détruit, ma carte d'assurance maladie dans la poche et mes clés bien calées au fond de mon soutien-gorge.

Mes premiers pas furent pénibles, mais je pensais à elle. Peut-être qu'aujourd'hui son regard allait de nouveau croiser le mien. Peut-être qu'elle me rendrait mon sourire. Peut-être que, à travers la pluie drue, j'allais enfin oser calquer mon pas sur le sien et lui demander : « Comment tu vas ? » Peut-être que j'allais oser lui demander son nom, tenter d'apprendre à la connaître vraiment pour rompre la solitude de mes enjambées tranquilles.

Pour la première fois, je suis rentrée sans l'avoir vue.

Ce fut la même chose pendant des semaines, des mois. Peut-être qu'elle ne courait plus ou qu'elle avait déménagé ? Je persistais à l'attendre, à la chercher du regard au détour des courbes de mon parc chaque matin. Mais elle n'était plus là. Au fil des semaines, j'ai tranquillement cessé de la chercher. Je me suis concentrée sur mon entraînement. Après tout, c'était moi qui les courais, ces demi-marathons. J'usais mes souliers sur le béton des trottoirs, sur le gravier des parcs et même, parfois, en montagne. Je courais en silence, mais dans ma tête régnait un bourdonnement incessant que je n'avais pas encore réussi à dompter. Alors j'ai poursuivi jusqu'à endormir la douleur, jusqu'à fracasser mes records de vitesse. Je traversais les fils d'arrivée le sourire aux lèvres, je faisais des photos magnifiques sur le parcours, j'avais l'air d'une fille épanouie, quoi. Mais, en rentrant chez moi, j'avais mal à l'âme. Mon sourire s'effaçait et j'oubliais la réussite pour me concentrer sur l'échec. Malheureuse.

◊ ◊ ◊

Quelques mois plus tard, je suis sortie à l'aube, fidèle à mon habitude. C'était une belle journée du mois de mai. Le soleil rasait l'horizon, la journée s'annonçait splendide et les oiseaux de mon parc s'en réjouissaient déjà.

J'avais accepté l'idée que je ne la reverrais plus, mais je continuais à courir. J'aimais la sensation de mon pied sur le béton des trottoirs, puis le crissement de mes pas sur le gravier du parc au petit matin, alors que personne d'autre n'avait encore osé mettre le nez dehors, alors que j'étais seule dans les rues, seule dans ma tête. J'avais fini par apprivoiser la solitude.

Comme chaque fois, mon départ fut difficile. Tous les matins, c'était un combat, un défi pour mes muscles qui, même habitués, rechignaient. Puis, après quelques minutes, je me suis sentie mieux. J'ai traversé la rue en comptant mes pas. J'en ai fait quinze, puis j'ai souri.

Au moment où je suis entrée dans le parc, ma foulée s'est faite plus légère. J'aimais courir à travers les arbres, même en pleine ville. Quelques silhouettes de coureurs matinaux se découpaient dans l'aube naissante. De la musique plein les oreilles, j'ai poursuivi mon entraînement, saluant les autres d'un hochement de tête, d'une main levée et parfois simplement du regard.

C'est au détour d'une courbe plus serrée que j'ai senti l'odeur du lilas. Puis, quelques pas plus loin, je l'ai vue. Souriante, elle courait doucement, le regard vivant. Elle m'a regardée, a souri encore plus et a levé la main. Elle portait son chandail rose. J'ai ralenti le pas, surprise de la voir là. Contente de constater qu'elle semblait aller mieux.

Ses longs cheveux roux étaient toujours aussi splendides, elle avait perdu du poids. Un tour à droite, un tour à gauche, puis elle s'est mise à marcher devant moi. J'ai ralenti le pas, je me suis mise à marcher, puis j'ai enlevé mes écouteurs en m'approchant lentement.

Elle a levé les yeux vers moi, a souri. «Allô», qu'elle m'a dit, le plus normalement du monde. «Quel beau matin pour courir!» J'ai pris un moment avant de répondre: «C'est vraiment une belle journée, oui! Ça fait longtemps qu'on ne s'est pas croisées, je commençais à penser que tu avais arrêté de courir.» Nous avons continué à marcher. C'est là qu'elle m'a expliqué qu'elle avait cessé la course parce qu'elle avait eu une peine d'amour... une de celles qui tordent le ventre, qui font déborder les yeux et qui empêchent de respirer.

En revenant chez moi ce matin-là, je me suis arrêtée au dépanneur pour acheter un paquet de gomme à la cannelle. Mon premier depuis trois ans. La saveur sucrée piquait ma langue doucement. Ma gomme n'avait jamais eu si bon goût.

Marie Josée Turgeon est rédactrice en chef style de vie pour Bell Média en plus d'être critique littéraire pour son blogue personnel (Aufildespages.ca) et choriste pour de grands événements au Québec. Si elle a commencé à courir pour arrêter le hamster dans sa tête, elle continue à user ses souliers par plaisir depuis plus de quatre ans.

COURIR APRÈS L'AMOUR

Devant le mur de chaussures de sport, Cynthia Beaulieu est déconcertée par la quantité de modèles qui s'offrent à elle : Saucony, Nike, Asics, New Balance, Mizuno, Salomon, Zoot, gel-ci, ultramachin, extra-sentier, *full* minimaliste, méga-stabilité, pro-patente, etc. Bref, elle est aussi perplexe que si elle magasinait un mascara hydrofuge extra-volumisant et à l'effet extension instantanée.

— Est-ce que je peux t'aider ?

Elle se retourne pour répondre au vendeur qui l'interpelle. Hummm... Il est plutôt beau mec. Cheveux châtains fournis et légèrement bouclés, yeux brun foncé au regard perçant, sourire engageant ; on peut l'imaginer dans la trentaine. La première chose que Cynthia se demande avant de lui répondre, c'est s'il est célibataire.

Mais la jeune aide-comptable n'est pas ici pour se trouver un *chum*. Enfin, ce n'était pas le but. Du moins, pas directement. Elle magasine une paire de chaussures pour s'adonner à sa nouvelle passion : la course à pied.

— Je veux des *running shoes* pour faire du jogging.

— Tu es une coureuse de quel niveau : débutante, intermédiaire ou expérimentée ? Tu cours où ? Combien de fois par semaine ? Sur quelle distance ?

— Euh… En avez-vous des roses ?

L'employé, qui répond au nom plutôt inélégant de Gaston Lafond-Ponton, ne peut s'empêcher de pousser un soupir de découragement. En voilà encore une qui accorde plus d'importance au *look* qu'à la performance.

Depuis que le phénomène de la course à pied a atteint une popularité inégalée, le vendeur en a vu passer, des filles comme elle, au magasin. Toutes chaussées d'escarpins vertigineux, elles s'intéressent à cette activité uniquement parce que c'est *glamour* de courir. C'est exactement le cas de Cynthia Beaulieu.

En plus, elle a lu dans un magazine féminin que c'est l'activité idéale pour rencontrer l'âme sœur. À vingt-six ans, la jeune femme est un peu découragée, car elle a tout essayé pour trouver l'amour : les sites de rencontre sur Internet, les clubs de plein air, les *blind dates*, les longues soirées à siroter des cosmo seule au bar de son quartier et les aventures sans lendemain dans les toilettes avec des collègues lors des *partys* de bureau. En vain. Cynthia est encore et toujours célibataire.

Pourtant, l'aide-comptable n'est pas une femme qu'on pourrait qualifier de laide. Ses cheveux bruns et courts sont soignés, ses yeux, bien que petits, ont une jolie couleur noisette et son sourire, sans valoir le détour, est respectable. Elle paraît bien, mais sans plus. Ce qui lui manque, c'est ce petit quelque chose qui attire les hommes. Cette aura de succès et de confiance que possèdent les gens qui réussissent.

Elle désespère de trouver LE truc pour se démarquer, pour en mettre plein la vue à tous ces mecs qui passent à côté d'elle sans la remarquer, sans lever le nez de leur écran de cellulaire.

Cynthia a donc choisi la course à pied. Elle pense que cette activité lui permettra de faire de belles rencontres. C'est populaire, accessible et ça ne doit pas être si difficile que ça, croit-elle. Tout le monde s'y met!

— Tu sais, avant de choisir la couleur, il faudrait qu'on détermine ta foulée et qu'on trouve un modèle de chaussures en fonction de la structure anatomique de ton pied.

— Ma foulée? Je sais pas ce que c'est. Moi, tout ce que je veux, c'est quelque chose de *cute*.

— On t'a jamais parlé de faire une analyse de ta foulée?

— Non. Ça change quoi?

Un peu interloqué, Gaston, lui-même coureur depuis des années, se dit que cette fille est vraiment ignorante.

— Je vais aussi avoir besoin de beaux petits *kits*, poursuit-elle. J'ai rien pour faire du jogging. J'ai jamais fait ça de ma vie, mais je m'y mets dès aujourd'hui.

— Aujourd'hui?

— Yep! Vous avez des trucs un peu *sexy*? Mais pas rose, ça va être trop avec les souliers. Genre blanc ou noir. Oui, noir, ce serait super!

Tout en choisissant quelques vêtements de base à proposer à sa cliente, Gaston tente d'en savoir plus sur ses motivations.

— Noir, c'est chaud en plein été, tu penses pas? lui fait-il remarquer.

— Mais non! Ce chandail noir, avec un léger décolleté, ça va être parfait. Quoique c'est vrai qu'avec le dossard ça va cacher un peu ce que je veux montrer.

— Le dossaaaaaaard?

— Ben oui! Le dossard du marathon de Montréal, c't'affaire!

Gaston est estomaqué. Sa cliente ne court pas et elle veut participer à une course de 42,2 kilomètres dans six semaines! C'est de l'inconscience! Elle ne sait pas dans quoi elle s'embarque. Lui-même est inscrit à cet événement depuis longtemps et sa préparation ne date pas d'hier.

Étonné par les propos de sa cliente, il observe Cynthia avec condescendance. *Une autre imbécile qui ne comprend pas que la course à pied, c'est du sérieux.* La course, ça demande de réels efforts. Il sait de quoi il parle, ça fait des années qu'il bûche comme pas un pour atteindre des résultats plutôt moyens.

— Tu as un entraîneur pour planifier ton programme?

— Euh… Pas pour le moment, faut que je me mette en forme avant. Tu connais quelqu'un?

Pendant que la *wannabe* marathonienne essaie un soulier rose fuchsia, Gaston élabore un plan dans sa tête. S'il était honnête, il lui dirait d'oublier l'épreuve de septembre et de s'entraîner toute l'année pour participer à l'événement de l'an prochain.

Exaspéré par toutes ces femmes qui pensent que la course à pied est la solution à leurs problèmes, et, surtout, parce qu'il trouve sa vie franchement ennuyeuse depuis que sa blonde l'a quitté pour un meilleur coureur que lui, Gaston a envie de s'amuser aux dépens de Cynthia. Rapidement, il met en œuvre son plan en adoptant un ton plus empathique.

— Tu sais, c'est important que tu sois suivie par un professionnel.

— Ouin, mais j'ai pas d'argent pour ça. Déjà, il a fallu que je m'abonne au gym.

Dans un geste que son gérant aurait trouvé inapproprié, Gaston caresse langoureusement la cheville de sa cliente avant de lui enfiler la seconde chaussure. Légèrement décontenancée mais agréablement surprise, elle soutient son regard.

— Moi, je pourrais te servir d'entraîneur. Je suis kiné. Et je te chargerais vraiment pas cher.

Gaston n'est pas kinésiologue pour deux sous ; le seul diplôme qu'il possède, à part son certificat d'études secondaires, c'est celui qu'il a obtenu lorsqu'il est devenu gardien averti à l'adolescence. Mais il sait que le titre éblouira sa cliente.

— Ah oui ? questionne Cynthia en se tortillant sur le banc de cuir noir, voulant remettre ses escarpins à sangles sans les détacher.

Elle jongle avec l'idée de faire appel à ses services, mais elle hésite. A-t-elle vraiment besoin de quelqu'un pour l'aider à courir ?

D'aussi loin qu'elle se souvienne, Cynthia Beaulieu a toujours couru partout : dans la rue de son enfance pour aller au parc rejoindre ses amis du primaire, dans les champs de blé pour faire l'amour avec son premier copain, sur le boulevard René-Lévesque pour attraper l'autobus le lundi matin ou bien dans les couloirs du bureau où elle travaille afin d'arriver à temps à la réunion hebdomadaire.

Courir, c'est quelque chose de naturel pour elle. Mais bon, Cynthia doit admettre qu'elle ne possède aucune technique et qu'il lui serait peut-être utile d'en avoir une si elle veut obtenir des résultats rapidement.

— OK, c'est un *deal*!

— Génial, tu le regretteras pas!

Pour sceller leur engagement, elle fait un gros *high five* maladroit dans la main de son nouvel entraîneur.

◊ ◊ ◊

Vitesse : 9,2 km/h. Inclinaison : 2,5 %.

Cynthia programme le tapis roulant pour sa toute première séance au gym. Gaston lui a pourtant suggéré d'attendre au lendemain pour commencer sa mise en forme, puisqu'il pourra alors être avec elle, mais la nouvelle adepte de sport tient à faire bonne impression ; elle n'a pas une minute à perdre.

Elle observe sa voisine de gauche, une grande rousse à l'allure athlétique qui court avec ferveur. Elle décide de suivre son rythme. La musique de Lady Gaga dans les oreilles, l'aide-comptable entame son entraînement.

Les premières minutes se passent plutôt bien. La vitesse programmée lui permet de s'adonner avec plaisir à son activité favorite : reluquer les garçons. Malheureusement, ils sont peu nombreux en ce chaud après-midi du mois d'août et ceux qu'elle voit sont assez décevants. Ce qui l'amène à tourner ses pensées vers son nouveau *coach* et à monter la vitesse à 10 km/h.

◊ ◊ ◊

La veille.

À peine sortie de la boutique de sport et heureuse de ses nouveaux achats, Cynthia se dépêche de consulter son iPhone. Il faut qu'elle sache rapidement si son entraîneur est célibataire. Ô joie ! Il l'est, selon son profil Facebook.

Maintenant qu'elle sait qu'il est libre, elle a bien l'intention de le faire courir jusque dans son lit. Pour cela, elle doit l'impressionner et, surtout, ne pas lui laisser croire qu'elle est une moumoune.

◊ ◊ ◊

Vitesse : 10,8 km/h. Inclinaison : 3 %.

Cynthia empoigne sa serviette pour essuyer son visage ruisselant. Elle n'aime pas avoir chaud. Encore moins sentir la sueur couler sur son front et ses tempes. En plus, ça gâche la mise en plis que son coiffeur lui a faite pas plus tard que ce matin.

Faut croire que c'est le prix à payer pour impressionner Gaston et pour participer à ce fichu marathon, se dit-elle.

La machine lui indique qu'elle en est à sa dixième minute d'entraînement. Cynthia a lu sur

Internet que le *cardio-training* n'est efficace que si on le pratique un minimum de vingt minutes par jour. C'est donc dire qu'elle en a déjà fait la moitié, ce qui est une bonne nouvelle, puisque son souffle commence à se faire plus rare et que ses jambes sont un brin plus molles.

La coureuse a envie de ralentir le rythme, mais elle s'oblige à continuer. Son corps tout entier dégouline de sueur. Sa bouteille d'eau est vide. Elle attrape sa petite serviette lignée mauve et blanche qu'elle insère, tout en maintenant sa cadence, sous son soutien-gorge sportif. Elle tente de s'essuyer vigoureusement entre les deux seins malgré la crainte de trébucher. Au même moment, un client du centre sportif passe devant elle. Embarrassée, Cynthia retire prestement sa serviette. Ce faisant, elle perd légèrement l'équilibre et s'agrippe à l'appareil pour ne pas chuter.

— Ça va ? lui demande l'homme en question.

— Oui, oui, répond-elle, entre deux respirations saccadées.

Le client s'éloigne et l'aide-comptable tente de nouveau de se focaliser sur sa course. Elle a besoin de toute sa concentration, car les minutes deviennent de plus en plus longues. Elle a l'impression de courir sa vie.

Il ne lui reste que six minutes à faire. Cynthia a bien l'intention de se rendre à vingt minutes. Elle n'est pas du genre à abandonner, même si tout son corps est vraiment douloureux, qu'elle ressent une terrible crampe abdominale du côté droit et qu'elle commence à avoir la nausée.

Pour se donner du courage, elle songe à tout ce qui va changer dans sa vie après la compétition. Elle s'imagine déjà publiant une photo d'elle sur Facebook, toute fière d'avoir franchi la ligne d'arrivée, recevant les félicitations de chacun, attirant finalement l'attention des hommes en général et de son *coach* en particulier.

Elle s'imagine, pour la première fois de sa vie, devoir choisir entre deux hommes : Gaston, son fidèle kinésiologue qui l'aura accompagnée tout au long de l'aventure, et ce spectateur au regard troublant qui la dévore des yeux pendant qu'elle se masse un mollet tout en récupérant. Elle est persuadée que c'est grâce à la course à pied qu'elle trouvera le bonheur qui lui est dû. Cynthia va se venger de cette solitude qu'elle subit depuis trop d'années.

Emballée par ses chimères, elle ne se rend pas compte que son sandwich jambon-emmental avec extra mayonnaise avalé en vitesse avant de se pointer ici est en train de remonter... Quand elle réalise qu'elle s'apprête à régurgiter son repas, il est déjà trop tard. Un flot de vomi sort de sa bouche et se répand partout sur le tapis roulant, sur la console et sur le sol gris pâle, la laissant plus honteuse que jamais.

◊ ◊ ◊

Le gym, c'est fini! Après l'épisode du vomi, Cynthia a compris qu'elle ne pourra plus jamais retourner dans cet endroit et regarder les gens dans les yeux. Mais peu importe, elle est avec Gaston au parc Michel-Chartrand, à Longueuil, à deux pas du demi-sous-sol qu'elle habite. Pour débuter, il lui explique que le véritable entraînement se déroule dans la nature.

Pour obtenir des résultats probants, il lui faudra courir dans cet agréable environnement où se côtoient familles du 450 et chevreuils pratiquement domestiqués, au moins cinq fois par semaine.

— Et il faut que tu coures au minimum une heure à chaque sortie, lui impose Gaston.

Ce qu'il propose à Cynthia est beaucoup trop exigeant pour ses capacités et n'a rien d'un programme d'entraînement sérieux. S'il était bien intentionné, il la ferait commencer lentement, en privilégiant la méthode par intervalles. Il lui parlerait d'étirements, d'endurance, de prévention des blessures, d'hydratation, de nutrition, de météo, etc.

Mais le marathonien frustré a décidé que la jeune femme allait payer pour toutes ces filles qui s'essaient à la course sans le faire consciencieusement. Elle paiera aussi pour toutes ses anciennes blondes : celles qui ont ri de lui parce qu'il faisait de cette activité une question de vie ou de mort, celles qui ne l'ont pas soutenu quand il n'atteignait pas ses objectifs ainsi que celles qui sont responsables de ses défaites et de ses humiliations. Le temps est à la vengeance et Gaston a trouvé sa cible.

— Et ma… Comment t'as appelé ça déjà ? Ah oui ! Ma foulée. Tu vas l'analyser ou pas ?

Gaston est étonné qu'elle le relance avec ce détail. Peut-être devrait-il se méfier… Les femmes sont tellement capables de cruauté, il ne doit jamais l'oublier.

— Oui, on va le faire. Mais, avant, il faut que je te regarde courir.

— Ah, OK.

L'entraîneur demande à sa cliente de faire quelques allers-retours dans le sentier pour pouvoir l'observer. Cynthia se prête à l'exercice de bon cœur, faisant de son mieux pour avoir l'air *sexy*. Elle lui offre son plus beau sourire de sportive accomplie toutes les fois qu'elle passe devant lui. Elle ajuste son t-shirt pour laisser entrevoir la naissance de sa poitrine et fait légèrement glisser son short sur ses hanches, dévoilant ainsi la petite pierre rose qu'elle porte au nombril.

La voyant chercher son souffle, Gaston ricane intérieurement. Il l'imagine déjà participant à l'événement sportif le plus populaire de la métropole, son maquillage dégoulinant sur son visage en sueur, avançant de peine et de misère parmi les participants, mais voulant montrer ses atouts physiques. Elle sera la risée des autres coureurs, c'est certain.

Avec tout le mal que Cynthia se donne pour l'aguicher, le vendeur d'articles de sport pense même à l'attirer dans son lit. Il sait très bien qu'il ne rêve pas en couleur. Un claquement de doigts et elle sera à lui. Oui, il la veut dans son lit, mais pas tout de suite. Qu'elle languisse un peu ; il aime se faire désirer.

L'heure d'entraînement s'écoule rapidement. Gaston exige de son élève qu'elle fasse des *sprints*, entremêlés de certains exercices qui n'ont aucun rapport avec la course à pied mais qui, selon Cynthia, permettent à son *coach* de l'observer sous toutes ses coutures.

Il lui donne des conseils farfelus, voire dangereux. Comme celui de manger une salade de légumineuses et de boire du café peu avant de faire son exercice.

L'aide-comptable fait mine d'adhérer à la philosophie de son mentor, mais comme elle déteste tout ce qui ressemble à des légumineuses et que le café lui donne des maux d'estomac, il n'est pas question qu'elle suive ses recommandations. Elle se nourrira plutôt de pâtes au blé entier puisqu'elle a déjà entendu dire que c'était un plat tout indiqué avant l'effort.

La séance se termine. Cynthia est complè-
tement épuisée. Elle n'a même plus l'énergie de
faire ce qu'elle avait en tête au début de la séance :
inviter son entraîneur à prendre un verre. La pro-
chaine fois, elle se promet de ne pas travailler aussi
fort.

◊ ◊ ◊

Gaston et Cynthia en sont maintenant à la
moitié de leur programme d'entraînement. Il ne
reste que trois semaines avant le grand jour, mais
l'élève ne progresse pas du tout. Ce qui est tout à
fait normal puisque, en dehors de son rendez-vous
hebdomadaire avec son *coach*, elle ne touche pratiquement plus à ses chaussures de course. Elle ne
sait plus trop si elle a vraiment envie de le courir,
ce marathon de malheur. Tout ce qu'elle souhaite,
à présent, c'est séduire l'homme qui, chaque mercredi matin entre 9 et 10 heures, résiste de plus en
plus à ses avances.

Mais, à moins d'un mois de la compétition,
Cynthia décide que c'est aujourd'hui qu'elle passe
à l'attaque.

Gaston comprend rapidement son petit jeu.
Il sait que son élève meurt de désir pour lui. Il se
sent invincible. Il se valorise dans ce rôle qui lui
permet d'exercer un pouvoir sur une fille, chose
qu'il a rarement pu expérimenter dans sa vie. C'est

pourquoi il entend garder la situation telle qu'elle l'est, aussi longtemps qu'il le pourra.

À la fin de la séance, Cynthia se risque. Et, comme son *coach* semble avoir besoin qu'on lui dise les choses clairement, elle ne passe pas par quatre chemins.

— Écoute, Gaston, tu me plais beaucoup. J'aimerais ça qu'on se voie ailleurs qu'ici.

Devant l'expression – ou plutôt le manque d'expression – de son compagnon, la *wannabe* marathonienne ne se laisse pas décourager. Si elle ne fait pas preuve d'un peu d'audace, elle n'obtiendra jamais rien dans la vie.

— On pourrait souper ensemble ce soir, si tu veux. Viens chez moi, je fais de super bonnes pâtes aux saucisses.

Toujours aucune réaction. Elle décide d'y aller pour la totale.

— Pis on pourrait regarder un film qui parle de notre passion commune. *Forrest Gump*, par exemple ? C'est trop *hot* de le voir courir à travers les États-Unis !

Gaston jubile intérieurement. Il prend un plaisir malicieux à se laisser désirer.

— Tu sais, Cynthia, je pense qu'on ferait mieux de se concentrer sur la course.

Terriblement déçue, l'aide-comptable sent les larmes lui monter aux yeux. Mais Cynthia Beaulieu fait partie de ces femmes qui ont appris ce qu'est la résilience ; elle secoue donc la tête pour chasser son chagrin. De toute façon, après ses derniers déboires amoureux, elle s'est convaincue que jamais plus elle ne pleurera pour un homme.

— C'est mieux comme ça, ajoute-t-il d'un ton faussement compatissant.

— OK d'abord.

La jeune femme doit se faire à l'idée que, celui-là non plus, elle ne réussira pas à en faire le père de ses futurs enfants. Cependant, une remarque de Gaston lui redonne espoir.

— Mais après, quand le marathon sera passé, je dis pas non à une petite soirée en tête à tête.

◊ ◊ ◊

Croyant qu'elle est à deux doigts d'être en couple, Cynthia se remet avec ardeur à l'entraînement. Si elle doit participer au *happening* sportif de l'année pour gagner le cœur de son kinésiologue, eh bien elle le fera !

Elle est convaincue que, si elle obtient un bon résultat, son *coach* sera tellement en admiration devant ses exploits qu'il tombera éperdument amoureux d'elle.

Cynthia a donc pris un congé sans solde et est retournée s'entraîner au gym. En choisissant toutefois une autre succursale, où elle n'a pas encore répandu son vomi.

Pour impressionner Gaston, elle a lu des dizaines d'articles sur sa nouvelle fausse passion. Elle a même utilisé une application dénichée sur l'App Store pour se confectionner un programme sur mesure.

Elle a été très surprise de constater que les recommandations des spécialistes qu'elle a lues sur Internet étaient très différentes de celles de son *coach*. Pendant quelques nanosecondes, elle a éprouvé une sorte d'inquiétude qu'elle a rapidement reléguée aux oubliettes, préférant se concentrer sur son épreuve vers l'amour. Elle n'a pas écouté cette petite voix qui lui murmurait que quelque chose ne tournait pas rond chez son mentor. Elle a fait comme si elle ne l'avait jamais entendue.

Pendant trois semaines, la nouvelle joggeuse se dépense corps et âme sur les appareils du centre sportif, où elle ne côtoie que des femmes. Choix nécessaire pour éviter les distractions masculines. De toute sa vie, Cynthia Beaulieu ne s'est jamais investie autant sur un projet : musculation, cardio, étirements... Tout y passe.

Elle fréquente l'endroit tous les jours, sauf le mercredi. Ce matin-là, elle rejoint son « peut-être-futur-mari » pour une heure de course en plein air. Plus les jours avancent, plus elle est en forme. Ayant hérité d'une bonne génétique et profitant d'un excellent cardio, elle s'améliore à la vitesse de l'éclair.

Toutefois, elle se garde bien de le montrer à Gaston. Elle veut lui en faire la surprise le jour du marathon. Il sera troooooop content!

Au cours de la séance, elle se traîne volontairement les pieds et fait mine de trouver les exercices extrêmement pénibles. Gaston se réjouit de constater que Cynthia s'en va tout droit vers un échec monumental.

Obsédé par la vengeance qui l'anime, il néglige sa propre préparation depuis ces dernières semaines. Avec une blessure qui a fragilisé son genou gauche et affichant un léger surplus de poids à cause de son manque d'entraînement, Gaston ne peut pas se permettre d'être indiscipliné plus longtemps. Il doit se remettre en forme. Mais, depuis sa rencontre avec Cynthia, il s'enfonce dans ses chimères et il en oublie sa préparation à la course.

◊ ◊ ◊

C'est enfin le grand jour. Celui où plus de trente mille personnes se donnent rendez-vous pour courir dans les rues de Montréal. Malgré le ciel gris foncé, la nouvelle sportive est aux anges. Pendant qu'elle se dirige vers la sortie du métro, elle visualise sa course dans sa tête. Et son « après-course »…

Cynthia s'imagine qu'elle et son mentor mangeront enfin ensemble. Qui sait, peut-être que

Gaston l'invitera à terminer la soirée chez lui et massera son corps d'athlète endolori?

Notre coureuse est une femme prévoyante. Pas question d'être prise au dépourvu. C'est pourquoi, hier soir, elle a préparé son petit baise-en-ville : sous-vêtements en dentelle noire, lubrifiant à la cannelle (sa saveur préférée), condoms de toutes les tailles et huile de friction à la noix de coco. Juste à y penser, elle frissonne de désir.

◊ ◊ ◊

Après avoir déposé son sac à la consigne, Cynthia arrive au point de ralliement du parc Marie-Victorin, où de nombreux participants trépignent d'impatience. Elle rejoint tous les coureurs qui, comme elle, ont choisi le circuit de 5 kilomètres. Elle regarde autour d'elle, fière d'appartenir enfin à cette élite. Tout à coup, son regard est attiré par une chevelure châtaine qu'elle connaît bien.

— Gaston?

Celui qui lui sert de *coach* depuis six semaines se retourne. Cynthia le dévisage, surprise.

— Qu'est-ce que tu fais ici? lui demande-t-elle.

— Ben, j'attends le signal de départ, c't'affaire!

— Tu t'es trompé. C'est pas ici ton départ.

— Mais oui, c'est ici. Regarde le monde!

— Non, celui du 42,2 kilomètres, c'est au pont Jacques-Cartier!

— Je suis à la bonne place, fais-toi-z'en pas!

La jeune femme est sidérée! Jamais il ne lui avait mentionné qu'il avait choisi cette distance, celle des débutants. Non, c'est impossible! Pas son *coach* à elle!

— Ben là! Je ne t'ai jamais dit que j'allais faire le 42 kilomètres.

Cynthia doit bien avouer qu'il marque un point. Il peut bien courir la distance qu'il souhaite, même que ça fait son affaire; elle n'aura pas à l'attendre des heures.

— Puis toi, relance Gaston, pourquoi t'es pas sur le pont? C'est de là que tu pars, non?

— Euh… pas vraiment. Mais, moi, c'est normal. C'est ma première fois.

Quand elle s'est inscrite au marathon de Montréal, elle a immédiatement opté pour le parcours de 5 kilomètres. Après tout, l'important, c'est de participer, de réussir et de le crier haut et fort. Inutile de s'embarrasser de détails anodins comme la durée et la longueur.

Le vendeur d'articles de sport est trop coincé pour poursuivre la conversation. Il cherche un moyen de s'en sortir. Sans succès.

— Gaston? Youhou! Sors de la lune.

Aucune réaction.

— C'est quoi, là? T'es déçu que je sache que tu fais juste un 5 kilomètres?

Gaston Lafond-Ponton fait partie de ces gens qui n'aiment pas perdre le contrôle des événements. La découverte de sa nouvelle « amie » le plonge dans une véritable colère. Sa compagne se méprend et conclut qu'il était juste trop orgueilleux pour lui annoncer qu'il courait cette distance.

— Ahhhhh ! T'es trop *cute* !

Cynthia s'empresse de lui donner un petit bisou sur la joue. Elle ne se rend pas compte qu'il a un mouvement de dédain.

Le sourire que sa protégée affiche met Gaston hors de lui. Il bout intérieurement et se dit qu'elle ne perd rien pour attendre, cette conasse ! Mais il prend sur lui en pensant à la façon dont il se débarrassera d'elle, une fois la compétition terminée.

Les bénévoles annoncent que le grand départ se fera dans cinq minutes et accélèrent leurs préparatifs. Cynthia sent une goutte de pluie lui effleurer la joue.

— Ah non ! Il pleut ! Penses-tu que ça va durer longtemps ?

— Yep ! Je crois bien que c'est parti pour la journée.

Elle fait la moue. Elle n'aime pas la pluie. Pas plus que la sueur. En fait, elle a horreur de tout ce qui dégouline sur elle. C'est pour ça qu'elle préfère les bains aux douches. Heureusement qu'elle pourra rabattre le petit capuchon de son anorak rose si la pluie persiste.

— On court ensemble ? demande l'élève à son *coach*.

— Ouin…

— Super ! Ça va être chouette !

— Vas-tu être capable de me suivre ? Es-tu en forme ? As-tu suivi toutes mes recommandations ?

— Bien sûr, ment-elle. Qu'est-ce que tu crois ? Que je suis une mauvaise élève ?

— Non, non. T'as été une bonne élève : tu mérites un A plus !

Cynthia est aux anges ! Son ego a rarement été aussi flatté. Elle est même surprise de ressentir autant de confiance en elle. Cette expérience de course à pied est littéralement en train de la transformer.

Alors qu'ils attendent le signal de départ, un doux silence s'installe entre eux. À cet instant précis, la jeune femme se dit qu'elle ne peut pas être plus heureuse. Gaston, lui, repasse en boucle son plan de match dans sa tête.

Pendant les premiers kilomètres, il suivra Cynthia pas à pas, l'incitant à courir de plus en plus vite, lui interdisant de ralentir, de s'arrêter et même de boire de l'eau.

Il la regardera perdre toutes ses forces. Il verra son visage devenir de plus en plus rouge, son souffle de plus en plus court et son pas se faire chancelant. Puis, quand elle s'écroulera au sol, il ne lèvera pas le petit doigt pour l'aider. Il détalera à toute vitesse, rattrapera le temps perdu et terminera son 5 kilomètres dans un délai plus qu'honorable.

Demain, il espère lire à la une du journal : « Foudroyée en pleine compétition, une jeune femme est transportée à l'hôpital. »

◇ ◇ ◇

— *Yessssssssss !* s'exclame Cynthia, alors qu'elle franchit la ligne d'arrivée du marathon de Montréal.

En sueur, hors d'haleine et malgré ses muscles douloureux, elle ressent une immense fierté. Un sentiment qu'elle a rarement connu dans sa vie.

Malgré les averses qui l'ont trempée de la tête aux pieds, le point qui a martelé son flanc droit pendant les trois derniers kilomètres et les autres coureurs qui ne cessaient de la dépasser, elle est parvenue au fil d'arrivée. Elle l'a atteint dans un temps dont elle n'a pas à avoir honte : 33 min et 44 s.

Cynthia va trop mériter ses verres de rouge ce soir. Du vin qu'elle compte partager avec son *coach*. D'ailleurs, il est rendu où, celui-là, dans sa course ? Elle n'en a aucune idée puisqu'elle l'a perdu de vue au moment où elle a dû éviter des spectateurs qui traversaient le parcours, mais elle se dit qu'il doit l'attendre à l'aire des retrouvailles.

Une heure plus tard, la jeune femme éprouve un vif sentiment d'angoisse. Gaston n'a toujours pas donné signe de vie, alors que la très grande majorité des participants sont arrivés à bon port.

— Écoutez, dit-elle à un bénévole tout de vert fluo vêtu, je cherche mon ami. En théorie, il devrait avoir fini depuis longtemps.

— Comment s'appelle-t-il?

— Gaston Lafond-Ponton.

Un silence s'installe. Le bénévole fouille dans son sac à dos et se déballe une menthe, comme s'il voulait gagner du temps. Il a entendu parler de cet homme qui s'est effondré au quatrième kilomètre et qui portait un nom en « on ». Il avait attiré l'attention des autres marathoniens et des organisateurs à cause de son comportement pour le moins étrange. Il semblait motivé par une profonde colère et a dépassé ses limites. Au point de faire ce qui ressemble à un accident vasculaire cérébral.

— Êtes-vous sa conjointe? l'interroge-t-il.

— Euh... pas encore, non.

Le bénévole ne sait que faire de la situation. Il n'est pas outillé pour apprendre à une inconnue que son « peut-être-futur-conjoint » se trouve à l'hôpital dans un état qu'on dit critique.

Il envoie donc la joggeuse voir ses patrons, lesquels lui annoncent la mauvaise nouvelle. Son compagnon repose entre la vie et la mort à l'urgence de l'Hôpital Notre-Dame, victime d'un

AVC survenu subitement, alors qu'il est âgé de seulement trente-sept ans.

Cynthia refuse de les croire. C'est impossible! Ils doivent se tromper. Ce n'est pas ce qu'elle avait prévu pour le reste de sa journée! Comment se fait-il qu'un fort et bel entraîneur de course à pied ne puisse réussir un 5 kilomètres? Ces hommes sont fous. Ou bien ils se paient sa tête d'une façon assez ignoble, merci!

La joggeuse n'entend pas se laisser affecter par leurs affirmations. Elle retourne s'asseoir sur le bord du trottoir pour attendre patiemment le retour de Gaston. Quand le jour tombera et qu'elle sera seule au fil d'arrivée maintenant désinstallé, Cynthia comprendra que l'accident est bel et bien arrivé. Et elle regrettera amèrement d'avoir tant couru après l'amour.

Nathalie Roy est l'auteure de la célèbre série de chick-lit La Vie épicée de Charlotte Lavigne, *qui a remporté beaucoup de succès auprès des lectrices québécoises et qui est présentement en développement pour une série télé. Elle a aussi publié* La Vie sucrée de Juliette Gagnon, *en plus de signer la «Chronique d'une romancière angoissée» tous les dimanches dans le* Journal de Montréal *et le* Journal de Québec. *La course? Nathalie n'en a jamais fait de sa vie, mais l'écriture de cette nouvelle lui a donné envie de courir le prochain marathon de Montréal. Le 5 kilomètres, bien sûr!*

JE SUIS MOUILLÉE DE PARTOUT

Avis – À consommer d'une traite en écoutant ce morceau : *Claptone – No Eyes feat. Jaw Exploited* sur Youtube

Mardi 5 octobre
20 H 15, À LA MAISON.
Le bout du nez contre la vitre, je regarde à l'extérieur. L'air est frais, dedans comme dehors. J'aime ça. Ma culture physique est tout près de la porte, dans un sac. Un fourre-tout bien rempli. Le message est clair pour les membres de ma petite famille : demain matin, ce sac va monter fièrement sur mon dos et nous partirons, lui et moi, vers une sueur certaine.

Mercredi 6 octobre
10 HEURES, AU CENTRE SPORTIF.
— Mon nom est Jacinthe Parenteau, que je dis à la personne à l'accueil du centre sportif.

Sans me voir ni me regarder, elle me tend sa deux cent vingt-quatrième serviette de la journée. Chaude, la serviette. Je monte au vestiaire. Les escaliers que je viens de grimper me rendent déjà essoufflée. Aïe, aïe, aïe…

Je reprends mon air. Grave. Et j'entre dans la tanière.

Ce matin, il y a beaucoup de seins, de sueur et d'odeurs. Je regarde. Je suis comme une loupe anatomique. Oui, je le trouve inspirant, le corps, après l'effort.

10 h 5

Je tarde à me vêtir convenablement, car ça sonne. L'appareil POMME dans une main et le petit bas court dans l'autre, je réponds avec passion.

— Oui, bonjour ?

En équilibre sur un pied, j'écoute. Le nu de mon pied gauche, lui, travaille à rester loin du plancher. Et cet homme au téléphone qui explique, énumère, impressionne.

— Oui, monsieur Cauchon, j'entends et je vous remercie de l'intérêt que vous portez à mon projet, mais je...

... regarde avec stupeur mon téléphone qui me fait faux bond, mort une énième fois au creux de ma main. *Welcome to telephony reality!* Cette fois, j'hésite entre angoisser et chicaner cette grossière obsolescence programmée. Saurons-nous un jour garder un certain flegme devant la pomme ? Mythique... Bref, je branche mon téléphone fort intelligent, cet outil qui saura me dire où, quand, comment et pourquoi courir.

Mes petits bas courts sont maintenant bien au chaud dans leur véhicule de course tout terrain. La mode nous a bien laissés tomber cette année… J'ai des souliers fluo, mais j'écoute du *gangsta rap* en me prenant pour Bruni le Surin. Alors, je suis *cool, yo*!

Je me sens en feu, majuscule.

C'est à ce moment magique que je pense à… mon char. C'est que je suis stationnée dans la zone non-confort. Faudrait pas oublier. Deux heures de stationnement maximum, sinon j'aurai la charmante visite de l'agent des contraventions. Mieux vaut savoir que, pour suer à Montréal, il faut être foutrement bien organisé.

Prête pas prête, je sors.

10 H 30

J'aime courir à l'air libre. C'est pour moi une question de goût et de principe, tout comme l'intérêt que je voue aux *Parenteau's children* – nom affreux gentiment attribué aux gens que j'ai convertis en coureurs à travers les années. Une bande principalement composée d'humains, d'amis, d'amis d'amis et de famille qui aujourd'hui s'époumonent avec joie dans de nombreuses sorties où la course est à l'honneur, avec moi. Certains optent pour le 5, le 10 et d'autres même pour le 20, tout ça en kilomètres. Parce que je me suis donné le mandat de contaminer mon entourage. Parce que, comme plusieurs attendent simplement l'occasion de se dépasser, je crée ces occasions. Simple, mais efficace comme idée.

Donc, le prochain événement sportif aura lieu samedi, un classique. Gros rassemblement dans la métropole, m'a-t-on dit. Alors, plus de temps à perdre : j'enfile mes lunettes fumées, j'appuie sur *play* et je me retrouve avec la chanson *No Eyes* dans les oreilles. C'est à ce moment précis, toujours à ce moment précis, que mon sourire niais apparaît. Une espèce de fente faciale sans nom qui traduit mon bonheur et mon sentiment d'évasion.

10 H 52

Certains courent sur un tapis roulant, certains courent vite et d'autres lentement. Il y a ceux qui s'inspirent du même paysage chaque jour. Avec ou sans chien. Avec ou sans souliers. Sur le sable, sur le gravier ou sur l'asphalte. Il y a ceux qui font semblant et ceux qui courent même avec leurs enfants. Il y a les pistes cyclables, les rues, les ruelles, les champs.

— C'est quoi, toi, ton style ?

— Mon style ? Style *king size*.

Il faut que j'arrête de fumer.

Ma fente faciale ne disparaît pas. Je la traîne avec moi. J'ai donc les dents sèches, le cœur qui bat, les oreilles qui chauffent et l'œil qui regarde bien au loin. Par chance, l'horizon d'un joggeur réserve toujours de belles surprises. Une belle paire de cuisses d'homme ou un sourire de compassion… Parfois, je me surprends même à espérer recroiser un coureur. Comme si on se connaissait déjà un peu, au fond. N'importe quoi. C'est la faute à l'endorphine, sûrement. Ma drogue puissance ecstasy.

Je file toujours à toute allure.

Une voix s'adresse à moi. Je sursaute. Ce n'est ni la voix de quelqu'un qui me dépasse ni le chant suave de Rihanna, mais le son préenregistré de Macha, la nouvelle application qui me rappelle que j'en suis seulement à mon troisième kilomètre. Vitesse moyenne de…

J'accélère.

Des questions me montent à l'esprit, du genre :

« Me reste-t-il du lait pour les patates ? »

« Mon horoscope racontait quoi, déjà ? »

Du coup, je me souviens de Cauchon, le sacrifice téléphonique. L'image de la honte refait violemment surface. Je devrais au moins prendre une minute pour le rappeler. Impossible. La course a le pouvoir inéluctable de faire attendre ce qui n'attendrait jamais. J'aime la course. Et j'accélère, encore.

Comme quoi ma machine est bien huilée… Faut dire que mon arrière-grand-père courait à la catastrophe, mon grand-père courait la galipote et mon père court encore. J'ai de qui tenir…

J'attends ardemment que la police de mes poumons batte en retraite. Celle qui calcule mes respirations et me rappelle ma dépendance. Celle qui
fait du début de chaque course un moment de
grand inconfort. Celle qui n'a qu'à faire tomber
ses chaînes pour que je transpire la liberté. La
police du poumon m'empêche d'accélérer. Je hais
l'autorité.

Perseverance is all you need : l'abbé l'a pourtant
bien dit quand j'étais petite. Mais bon, il a aussi
dit : « Ceci est mon corps » en nous donnant un
vieux copeau de pain dans les mains. Soit il jog-
gait beaucoup, soit il nous a menti à tous, monsieur l'abbé, pour avoir un « corps » aussi petit et
sec. Maintenant que j'ai atteint l'âge ingrat de la
raison, j'ose dire que la seule chose qui reste de
religieux, c'est Saint-Laurent. Un boulevard qui
voisine un espace vert de qualité, au coin de la rue
Jarry. Sinon, il y a les arbres, les gens, l'eau et les
oiseaux. Bref… c'est beau.

Je ralentis : bientôt midi. La position du soleil
annonce que je dois m'arrêter. La récréation est
terminée. Retour à la case départ : centre sportif.
J'ouvre la porte. Toujours cette même personne
à l'accueil. Elle me fait un drôle de signe. Visi-
blement, je suis écarlate. Mon visage demande
une douche. Le temps presse, mais impossible
de quitter l'endroit sans faire mes abdos d'ado. Je

remonte les escaliers. J'enfile donc le peu d'énergie qu'il me reste et je pousse ma machine.

La course est un tout et la course est dans tout.

L'heure du savon. Je m'habille et pars vaquer à mes prochaines occupations.

Jeudi 7 octobre
19 heures, dans la ruelle.

Peinards, nous occupons le derrière de mon quartier, style *gang* de rue. Il se fait tard. Les lumières manquent par ici, que je me dis. Ça me donne le frisson.

L'air de rien, nous enfilons tous méthodiquement notre capuchon. Nos tics se partagent. Nous nous contaminons comme quatre vieilles grippes. Puis on discute. En rond. Tout bas. Avec, au centre, des pieds et des jambes qui s'étirent. Un ensemble de souliers regroupés et usés par les 6,5 kilomètres que l'on vient de transpirer.

Nous sommes les trois mousquetaires : Loulou, Marie, Anthony et Jacinthe. Depuis quelques semaines, nous nous fixons un moment à l'horaire. Nous nous retrouvons et avançons tranquillement ensemble. Peut-être devrions-nous nous incorporer, puisque nous sommes maintenant des maîtres coureurs agréés. Rigoureux. Actifs. Méthodiques.

Nos amis envient ces 5 à 7, ces soûleries santé. Eux se disent toujours trop occupés pour s'entraîner, mais ce soir je suis persuadée que certains courent aussi de leur côté. En secret. Ce doit être écrit en gros dans leur agenda : *Samedi arrive à grands pas.*

— Non, monsieur Girard, ce n'est pas une fête de ruelle.

Le voisin qui veut se mêler de tout, toujours. Il fixe. Il colle. Il murmure. Seul…

Au fond, il me plaît, M. Girard : il touche à tout, il veille à tout. Il a une manière bien à lui de nous montrer sans cachette sa solitude. Touchant. Vivant.

Ici, dans la ruelle du jeudi, il y a un homme vieux et quatre voleurs de sueur.

On se dit « Bonne nuit » et « À samedi ».

Samedi 9 octobre

7 HEURES, À LA MAISON.

Excès de contrôle. C'est à croire que j'ai un excès de contrôle…

Habituellement, ma salle à manger est constituée d'une table, d'un buffet, de six chaises plus une chaise haute, de trois crassulas, d'un chat somnolant et d'une toile grandeur Frida. Je l'ai peinte lors d'un excès artistique. Une envie passée rapidement entre mes mains. Dix jours de clichés : un crayon Bic emmitonné dans ma touffe de cheveux, un gilet salopé et le souvenir de mes couleurs préférées sur mon pantalon taille basse… troué. Aujourd'hui, cette salle à manger a une allure différente. Peut-être à cause des quinze dossards qui trônent fièrement sur la table, tous correctement alignés.

Dans les derniers jours, certains incontournables se sont présentés : la motivation, les empêchements, la météo, la paresse et le stress. Mais là, plus de temps à perdre. La maison est remplie d'athlètes. Tous ne le savent pas encore (qu'ils sont athlètes), mais ils le découvriront bien assez tôt… Ego pas égaux, courir 10 kilomètres, ça donne chaud.

Et mon père, ancien marathonien de tous les Boston, qui effectue avec nous un retour à la course après vingt ans d'absence.

Il semble que ses jambes auraient jadis crié « hibou, choux et genoux », que sa rotule droite aurait été recousue et que son épine de Lenoir porterait indéfiniment à gauche. Bref, courir dans ces conditions, on appelle ça soit du théâtre, soit de l'abnégation…

Une chose est sûre, si je convaincs fréquemment ces gens venus de partout de courir, c'est un peu aussi grâce à ce que je me plais à appeler « l'après ». Une tradition d'envergure fort inspirante. Je m'explique : quand le fil d'arrivée nous fait honneur, on exulte. Ensuite, direction maison.

À 11 heures, au moment où certains s'activent pour leur journée, d'autres célèbrent. Nous, nous décantons grâce à quelques litres de mousseux et à une ingestion calorique de croissants moelleux. Nous parlons de crampes, de secondes, de parcours et de résultats. Le tout parsemé de belles amitiés. De beurre aussi. De beaucoup de beurre…

Qui a dit que le sport ne faisait pas engraisser ? Moi, je dis que l'on doit traiter le sport comme on traite les rois. Le sport est mort. Vive le sport !

8 HEURES

On ferme la porte dans dix minutes. Je prends donc le pouls du groupe avant d'atteler les chevaux. Et voilà que je surprends Jean-Bastien. Incognito. Il pratique ce que je me plais à appeler le « réflexe jambon », réflexe qui se définit comme suit :

[reflɛks ʒɑ̃bɔ̃] Tendance chez l'homme à surévaluer l'état de gonflement de ses membres inférieurs. Comportement principalement provoqué par la culotte dite « sportive » (le tissu moulant de la culotte permettant au détenteur de la cuisse d'admirer sa musculature). Les signes et les symptômes sont clairs : admiration des ischio-jambiers dans tous les objets permettant la réflexion, déhanchement, déambulation, surutilisation des talons en marchant et surcontraction des muscles. Le phénomène présente différentes phases, de niveau faible à élevé. Seul le *douchebag* se trouve à l'étape critique.

Pour tout coureur moyen, j'aimerais donc souligner que le réflexe jambon est sans danger. Mais attention : à consommer avec bon goût et modération.

Jean-Bastien Martimbeau. Mon intime. Un être audacieux, quoique inconscient. Deux caractéristiques qui forment ce que l'on appelle un clown. J'aime les clowns. Spécialement ceux pour qui la bêtise naît intelligente. Ceux qui rebondissent. Qui sont chaleureux, généreux et souples. Bref, un clown papa, amant, ami et, présentement, jambon.

Bastien semble prêt pour son demi-marathon. Vingt et un kilomètres l'accueilleront, lui, au bout de son chemin. Et c'est avec son air de grand musclé qu'il nous salue et part devant nous. À chacun ses départs...

Les membres du groupe me regardent, comme si je détenais le secret de toutes les barres de chocolat. Impatients, agités. Ils veulent aussi éviter de tarder. Silence. Nous entrons en zone de flottement. Par chance, je m'y connais en coulisses de la course. Je donne le *go*. Alors, un peu d'eau et on s'active. Il y a la médaille à aller chercher !

Conduire, se garer, marcher, étirer les jambes et les bras, faire les pipis, rassembler, respirer, arrêter de respirer.

À vos marques. Prêts ? Partez ! Coup de *gun*. L'heure est à la course, saveur sueur.

Un pêle-mêle de trois mille coureurs qui se mettent en première. Un *show* de boucane. Une bagarre de coudes. Certains penchent pour la droite, d'autres restent au centre. Et pour ceux qui préfèrent perdre leur virginité de coureur tranquillement, ne pas oublier qu'il reste toujours les côtés. Région paisible et de qualité.

Premier dépassement sur la gauche. Je regarde du coin de l'œil. Voilà Loulou, fier combattant qui vêt sa grande foulée. Hum, j'ai envie de le dépasser. Mais l'expérience m'amène à faire fi. Je ne lui passerai pas sous le nez. Veinard. J'économise ma carte chanceuse pour plus tard. Qui sait…

Mon ami s'éloigne tranquillement dans la marée haute, où la houle montréalaise est à son apogée.

Allez savoir pourquoi les départs sont toujours angoissants pour moi. Probablement parce qu'ils ont un rapport avec les adieux ou, paradoxalement, avec les commencements. Quoi qu'il en soit, ils m'excitent tout de même beaucoup. Toujours. Chaque premier pas est précieux. Je me sens comme une enfant d'un an qui se jette dans le vide. Sans attente. Avec beaucoup d'ardeur et peu de retenue. Une enfant qui découvre tranquillement les subtilités de la bipédie. Et qui rit d'aimer. Je rajeunis au contact de l'asphalte et mes sens se déploient.

Si j'avais les ailes d'un ange (ou de Forrest Gump), je partirais pour Québec.

9 H 10

Les bénévoles sont venus en masse. Ils passent les heures en aimant inconditionnellement. Les esprits communicatifs s'échauffent : ils crient, sautent et mettent leurs doigts dans leur bouche. Longue vie aux crachins d'encouragement…

D'ailleurs, il pleut. Quel temps de chien pour initier mes compatriotes, mais j'avoue que je flotte. J'aime que la course soit imparfaite. J'aime voir que le dépassement, le courage et le défi sont frères de sang. Et j'aime encore plus m'apercevoir que les joggeurs devant moi sont tous différents physiquement.

Cette pensée me rappelle que j'ai jeûné ce matin. Quelle horreur ! Oublier le principal. J'ai pensé à tout, sauf à me sustenter. Mon excès de contrôle craint et je crains ma faim. Dire que tout ce beau monde digère tranquillement un lait de poule aux douze putains de grains…

Joie. Et malheur. Où est mon père ?

Manifestement, il est loin derrière. Je ne m'arrête pas, je fonce, mais à reculons, car je procède à une vérification. En vain. Je pivote donc dans le sens de la raison et je continue ma route. Laissant mon complexe d'Œdipe faire son chemin, seul.

Quelque chose me dit que cette sortie sera, en tous points, différente des précédentes…

9 H 20

Le circuit de cet événement se dessine en trois boucles, alors nous sommes tous amenés à nous croiser pendant notre parcours. À chaque tournant, j'observe. Telle une bergère en sueur, je cherche mes quinze brebis dans cette symphonie d'haleines qui se déchaînent. Le mouvement de mes pupilles s'approche de ce que j'appellerais une danse de Saint-Guy. Elles bougent à la vitesse de l'éclair et plus vite que mes jambes, ça « c'é clair ».

Mais il y a pire. Je n'ai toujours pas rencontré mon géniteur. Il a disparu. Je finirai peut-être cette course sans lui. Sans vivre ce moment unique entre un père et sa fille. J'ai envie de pleurer. J'ai quatre ans. Et s'il avait eu une attaque d'engourdissements ? Ma crainte. Une pensée pour l'AVC. Vous savez, ces idées légères et passagères qui surgissent çà et là ? Santé mentale, tu me tueras.

Je ferme les yeux. Bon, brûler le pavé les yeux au repos, ce n'est pas tip-top comme scénario. Je les ouvre rapidement et je n'ai d'autre choix que de me rendre à l'évidence. Le constat est évident : je suis la *baby-sitter* du coureur.

À cette heure, la moitié de ma bande a été repérée et encouragée au passage. Repos. *Comment être fière*, version longue. Que c'est beau de les voir avancer ! Vite. Et heureux.

Bon, il est certain qu'Anthony, mon ami, est légèrement blanc. Mais il n'est pas très loin derrière. Faut dire aussi que Sarah, ma collègue, préfère la marche à la course, mais ça, c'est une autre histoire.

9 H 30

— Loup !

J'entends un membre de ma meute. Une main sur mon épaule, il m'agrippe. Mon père est là ! Il ne roule pas, il ne sue pas, il réussit ! Soudainement, j'ai la larme à l'œil. Le bonheur. On ne discute que très brièvement. On préfère foncer ensemble, comme une armée montée à dos de destriers. Cette histoire est mon nouveau cheval de bataille. Mon chef de famille écrase le sol au même rythme que moi. J'arrête de chercher plus loin. La vie mérite d'être courue, ensemble.

9 H 40

Scusami, qu'il dit. Oui, un grand fettucine de sept pieds nous dépasse. Mais il marche. Il nous dépasse par la droite et il marche. Rapide. Je sens l'esprit de mon père cul-de-jatte à l'épine de Lenoir s'enflammer. J'aimerais accélérer, mais le cœur me lève. J'aimerais mieux le manger que le dépasser. J'ai faim. Je dois enfin m'assumer : je suis le plus rapide des escargots. Un jour, je courrai 21 kilomètres tout en parlant de philosophie. Là, je survis.

— Pas trop de douleurs?

Je m'évertue à poser cette même question à mon père… Je me tais. Il va bien. Il vient de me le répéter. Je tente de me synchroniser avec lui, mais j'ai du mal. Papa, petit lapin aux poils blancs, tu aurais dû me dire que tu bondis si vite. J'aurais évité de perdre mon temps à te sous-estimer. Tes nouvelles espadrilles sont-elles dotées d'un don? Ô Courir! Je savais que tu étais un sport, une boutique et une passion, mais je ne me doutais point que tu avais le pouvoir de guérison.

J'ai offert ces chaussures à mon père tout récemment. Pour être plus précise, hier. «Ne jamais changer d'habitude vestimentaire avant une compétition.» N'est-ce pas ce que le livre *Courir au bon rythme. Du débutant à l'expert* nous apprend? Je me ravise. Après tout, le terme «vestimentaire» me laisse dans un flou. Il est vrai que l'on a rarement l'habitude de «vêtir» un soulier…

En tous les cas, le vendeur a mieux fait son travail que tous les médecins chiropraticiens. Après bientôt vingt ans d'abstinence pure et dure, mon père se conduit présentement comme un char. Spectaculaire. Hier encore, il foulait le tapis du commerce en feignant de tomber, il n'arrivait pas à se mouvoir avec rapidité. Le vendeur a d'ailleurs longtemps hésité avant de me laisser offrir ce cadeau. Il m'a dit : «J'espère que vous n'aurez pas trop de vent demain.» Il a poursuivi : «Avez-vous pensé à un plan de remise en forme pour votre mari?» J'ai payé et souligné à mon père (et non mon mari) qu'il devait cesser de se teindre.

Je monte le volume de ma musique, même si le parcours est rempli d'artistes. Tous les 2 kilomètres, une scène. Sur chaque scène, un groupe. Prudence, papillon, prudence. Je sais combien mon rythme est fragile. Je reconnais l'effort et trouve l'aménagement du site exemplaire, mais je préfère tout de même m'en tenir aux sons de mon enfance. Mon enfance d'hier, parce que, aujourd'hui, je deviens une femme.

Entre deux expirations, mon regard se tourne vers ces musiciens. Je suis remplie d'admiration et de considération pour eux, jusqu'à ce que je les voie avec une cigarette au nez. Bon, qui suis-je pour juger? Mais un manque de nicotine sur un circuit de course, c'est un peu comme un suçon sur un chat. C'est possible, mais inapproprié.

Je reste positive. Après tout, ça sent la fin.

Une nouvelle ligne d'humains se dessine à ma droite. Belle. Elle arrive comme une brise. Son mandat : nous désaltérer. Tout mon étonnement va à la couleur de la boisson qu'offre cette station. Orange. Un rafraîchissement brillant. Il fait soleil dans mon verre. Et bientôt partout autour de ma bouche, de mon cou. Je suis mouillée de partout.

Ah, l'art de boire sans s'arrêter ! Un talent encore abstrait pour moi et qui demande de l'application. En gros, voici ce qui serait à retenir.

Étape un : accélérez afin de prouver que vous êtes un coureur né. Rien ni personne ne ralentit le coureur averti.

Étape deux : une main se présente à vous. Elle vous tend un contenant en papier. Le moment est crucial pour prendre un visage calculé.

Étape trois : agrippez-vous au verre.

Étape quatre : regardez au loin, baissez le menton.

Étape cinq : faites un petit signe sec en guise de salutation.

Étape six : buvez, crachez.

Le petit guide des bonnes pratiques du buveur méthodique peut paraître aride. Mais rappelez-vous que devenir un buveur distingué demande rigueur, contrôle et solennité.

Si vous souhaitez parfaire votre dégaine, souvenez-vous bien de ceci : *drink, spit and throw on the side*. Soyez toutefois toujours alerte et courtois. D'autres athlètes partagent le même espace que vous. Un gobelet à moitié rempli se retrouve vite au visage d'autrui…

10 H 5

Je divague. Dans ces moments d'épuisement, mieux vaut certainement éviter de parler. Pas de placotage, pas de minutage. On garde ça pour plus tard, soit pour quand la bière sera dans le frigo. De toute façon, au panneau numéro 9, qui indique le neuvième kilomètre, mon souffle est odorant, mes cheveux ont chaud, mon nez coule et mes babines ne suivent plus mes bottines…

Bien sûr que les encouragements sont bienvenus, mais ils ne me donnent pas nécessairement la force d'accélérer. Et il y a le mur. Quand les parties de ton corps ne répondent plus à l'adrénaline. Quand l'arrivée n'est plus visible. Risible.

Certains diront que j'exagère ici, mais je le confirme : le mur n'est pas réservé au marathonien. Il est pour tous. Gratis. Et violent. Méfiez-vous du mur. À chaque course, c'est le même combat. Seul votre cerveau gauche vous aidera. Ou votre fils.

Mon fils ! Il est là. Pour la première fois, mon clown me fait cette surprise. Sur le trottoir, entre plusieurs applaudisseurs, Jean-Bastien est là avec mon petit pierrot dans les bras. Je rêve. Dire qu'il a couru 21 kilomètres et que j'en suis encore à une dizaine. Géant.

Je vois mon père qui pleure, mon chum qui suit et mon fils qui crie.

— Cou, maman, cou ! Cou, papy, cou !

Bon, mon fils ne sait pas bien parler. Mais je l'aime. Je le regarde se démener : il veut à tout prix nous donner la force de ses superhéros. Ses yeux travaillent aussi fort que sa diction. Il nous encourage du visage. On avance avec eux un moment. Le rêve. Mon père me prend la main. On se fout du mépris et, pour faire comme dans les films américains, on fonce. Je laisse deux de mes hommes derrière et je file avec le plus vieux devant.

Arriver à la fin en me disant que c'est le commencement de quelque chose... Difficile à décrire comme sentiment. Le sport est vivant. Une démarche simple et pure.

Finalement, je cours pour moi, mais aussi pour les autres. C'est un privilège de voir mes proches oser. En chœur...

10 H 10

Anthony atteint la ligne d'arrivée. Il ne freine pas directement. Il va mourir plus loin. De dos, le corps accroupi, le visage vers l'infini. Je le regarde réagir. Ses épaules sautillent légèrement. Je respecte ce temps d'attente. Le tout est bien volontaire de ma part. Quand je m'approche de lui, doucement, je le félicite. Il me regarde, couvert de larmes. De ses quelques mots, je comprends tout : « Je suis fier de moi », qu'il me dit. C'en est trop. Je pleure aussi. Une Madeleine près de ses brebis...

C'est donc en cette neuvième journée du dixième mois de l'année que j'ai défié l'impossible, décroché la lune et avalé le soleil en courant droit devant.

The end.

OU

À la fin de cette neuvième journée du dixième mois de l'année, j'ai fait comme si rien n'était arrivé. Pire : je me suis perdue en chemin et c'est au pays imaginaire des loups affamés que je me suis retrouvée. À la manière des films danois : j'ai couru parce que, jadis, j'ai été abusée. Encore pire : j'ai avancé tranquillement, en fauteuil roulant. Ou, à la fin de cette journée, j'ai avoué puer des pieds. Je pue des pieds.

End of the end.

Jacinthe Parenteau travaille comme comédienne. On peut la voir entre autres dans la série web à succès J'aime pas, *dans* Toute la vérité, Trauma, Mauvais karma. *Jacinthe prête aussi fréquemment sa voix — on peut l'entendre dans différentes séries américaines et elle participe à divers projets d'écriture autant pour le théâtre que pour le grand écran. La course est son sujet favori. Elle pratique ce sport avec cœur depuis quelques années.*

ASPHALTE

Avant, le soleil n'avait été que beauté. Aujourd'hui, l'astre hilare dans son ciel bleu ironie le terrassait de sa chaleur impitoyable. Il ne pouvait y échapper. Peut-être aurait-il mieux valu être mort.

Il percevait tout près le frémissement mat du fleuve, dont l'onde paresseuse ne pouvait le rafraîchir. Supplice de Tantale. Les cimes navrées des trembles se penchaient sur lui, comme des pleureuses aux cheveux scintillants au chevet d'un cadavre. Encore une fois, tout son être vibrait, souffrait. À intervalles imprévisibles, les semi-remorques aux bennes colorées le broyaient, le concassaient sans l'altérer un brin. Et personne ne le savait. Sa voix s'était tue.

Comment en était-il arrivé là? Il le savait parfaitement. Son être avait beau être déchiqueté par les vibrations de l'asphalte, son esprit était aiguisé, plus lucide que jamais. Lucide, en fait, pour la première fois. Quel fou aveugle il avait été!

C'était il y a trois ans et demi, au cœur du froid mordant de février. Ils étaient retombés dans le quotidien morne après cette semaine banale en couple dans un tout-inclus qui ne l'avait même pas reposé. Il n'avait pas la pêche, son boulot de relationniste au ministère des Transports, section Voirie, l'attendait. Ô Joie. Il faisait gris et morne sur Montréal. C'est là qu'il s'était regardé. Et il s'était trouvé laid, gros, pas en forme. Était-ce le regard allumé de Yolanda pour ces Adonis à la petite semaine qui paradaient sur la plage qui l'avait humilié? Ou plus simplement la silhouette blême et avachie que lui renvoyait le long miroir de la chambre à coucher, au premier étage de leur maison jumelée du Vieux-Longueuil?

— Il faut que je fasse du sport, avait-il murmuré pour lui-même.

Yolanda, blonde, fine comme l'un des roseaux hautains qui longeaient le fleuve tout proche, lui avait mis la main sur l'épaule en souriant. De l'autre, elle avait gentiment serré ses poignées d'amour.

— Peut-être, en effet, pourrais-tu bouger un peu, chéri. Mais je t'aime comme tu es, tu sais…

Il s'était alors demandé si elle disait l'entière vérité.

Plus tard, au bureau, près de la machine à café, qu'il fréquentait plus par ennui que par besoin ou par goût, il avait entendu Gérard, le comptable principal, parler à Anne, la secrétaire du patron. Il lui détaillait avec force gestes sa passion pour la course à pied. La course, à écouter le rond-de-cuir, avait changé sa vie. «Le jogggggging», comme il le disait par-dessus ses épaisses lunettes en allongeant exagérément la syllabe. Ce type l'avait toujours énervé. Pourtant, ce jour-là, il avait fait l'effort de lui parler.

— Tu veux te mettre en forme? Rien de mieux que le jogggggging, mon cher. Puis, c'est très tendance, tout le gratin montréalais court!

Pensif, il était retourné à la rédaction d'un communiqué particulièrement aride sur le projet de réfection de l'autoroute 40, qui traînait une fois de plus. Mais, c'était décidé, il allait courir.

Alors il s'y était mis, non sans souffrance.

— Courage, mon minou! lui avaient susurré les lèvres veloutées de Yolanda quand il lui avait annoncé son projet.

Ce soir-là, ils avaient fait l'amour.

En marathonien de la procrastination, il avait pris des semaines pour mettre le pied sur l'asphalte. Il devait s'équiper, disait-il devant le regard goguenard de Yolanda. Il fallait un iPod pour la musique, et de bonnes chaussures étaient essentielles, on pouvait se blesser, sinon. Vrai, il l'avait lu. Puis il voulait finir ce livre de conseils sur la façon de bien courir avant de se lancer.

C'est avec le retour des oies sauvages dans le ciel du Québec qu'il s'était finalement jeté sur la route. Il s'était botté les fesses jusqu'à l'étroite langue de piste asphaltée jouxtant le fleuve, entre Longueuil et Saint-Lambert. Sa première course à pied. Comme il avait souffert! Son corps empâté ne le reconnaissait plus comme maître et se dérobait. Il refusait de se soumettre à l'exercice, le traître! Ses jambes semblaient lestées de plomb, son souffle était plus court que celui d'un nonagénaire. Son premier parcours s'était limité à un minuscule kilomètre, et encore, en trichant un peu. À dire vrai, il avait plus marché que couru. Les marmottes du printemps montraient le nez de temps à autre au bord du fossé, semblant railler sa piètre performance. Les hérons agitaient leur grand cou d'un air ironique. Le fleuve, lui, se lovait, imperturbable, dans son lit de cailloux.

Quand il était revenu de sa première course, Yolanda l'avait longuement massé de ses petites mains de poupée.

— Bon Dieu que c'est dur, la course à pied.

— Je sais, chéri, mais ne lâche pas.

Il avait failli lâcher. Pourtant, au fil du printemps et de l'éclosion radieuse de la nature, il avait fini par progresser. Les courses de 1 kilomètre devenaient plus légères. Mieux, elles s'allongeaient: 2 kilomètres en avril, 3 en juin... Il commençait à priser ses escapades. De plus en plus. Il trottinait bien, puis, bientôt, il volait.

Un, deux, trois, quatre… respiration profonde. Les mouvements s'enchaînaient aisément. Il avait gagné son pari. Il avalait l'asphalte.

Les marmottes des fossés dans la piste avaient grandi et elles ne se moquaient plus de lui sur son passage. Au contraire, ses foulées de plus en plus déliées et amples égayaient les bestioles obèses, qui se lançaient dans une course pataude, agitant les hautes herbes et faisant crier les huards au loin, à la surface de l'eau. Il se sentait libre.

Il avait plus d'énergie, même si son travail lui pesait de plus en plus. Sa silhouette aussi avait changé, en quelques mois seulement. Ses muscles s'allongeaient, durcissaient. C'était spectaculaire. Au boulot, les collègues le regardaient d'un air étrange, envieux, même Gérard le comptable. Surtout lui, en fait. À la fin de ce premier été, il avait capté l'œil admiratif de Yolanda sur ses hanches affinées au point où des salières s'y dessinaient, comme chez un vrai athlète ou chez ce chanteur populaire au physique de dieu grec et au nom imprononçable. Son gras corporel avait battu en retraite, chassé par l'effort physique. Quand il courait, et c'était alors déjà au moins une fois par jour, chaque jour, les promeneuses ne l'ignoraient plus. Elles détournaient leur regard du fleuve pour le fixer. Certaines, bronzées et musclées comme lui, lui lançaient au passage des sourires complices. Les hommes le saluaient d'un froncement de nez viril. C'était comme s'il avait été intronisé dans leur temple, comme s'il faisait désormais partie de la secte des gens qui courent, une race à part, de demi-dieux, un peu au-dessus du commun des pauvres mortels aux pieds nickelés. La seule comparaison qui lui était venue à l'esprit sur son changement d'état était celle d'un pauvre enfant exclu des autres pendant des années et qui aurait tout à coup remporté un concours de popularité en foutant une raclée à un caïd dans la cour de récréation.

À cette époque, il s'était senti heureux. Puis, sans qu'il le réalise, tout avait basculé.

— Tu cours tout le temps, je ne te vois plus.

Ce reproche anodin, Yolanda l'avait prononcé un jour de sa voix douce, un demi-sourire aux lèvres, comme pour l'atténuer et pour dire : « Je blague un peu, mais pas tout à fait. »

Il est vrai qu'il avait encore intensifié son entraînement. Chaque jour, l'esprit de la course l'habitait plus que la veille. Et il aimait cela. Loin de résister, il accueillait sa passion tardive comme un amant qui attend le retour de sa maîtresse juvénile. Il avait essayé d'expliquer à Yolanda sa conversion, assis en face d'elle, la table de formica entre eux. Elle buvait sans joie un verre de vin blanc en apéro. Lui avait déjà, à cette époque, cessé de prendre de l'alcool. Il avait vite découvert que toute boisson alcoolisée nuisait à son endurance. Il lui avait dit :

— Tu sais, avant de courir, j'étais… Comment dire ? Je n'étais pas entier. Je n'habitais pas mon corps, je ne vivais pas réellement.

Les yeux clairs de sa compagne avaient sondé les siens, dans un effort visible pour comprendre.

— C'est ça, Yolanda. Depuis que je cours, eh bien, je me sens vivant. Pour la première fois de ma vie. Étrange et merveilleux, non ?

Devant la douleur dans les yeux de Yolanda, il avait regretté son choix de mots. Elle se sentait niée, délaissée, c'était clair. Pourtant, il n'avait pas menti. Mais, en courant comme un dératé jusqu'aux berges de Saint-Lambert dans le soleil déclinant sur les écluses, il s'était fait la réflexion que toute vérité n'était pas bonne à dire.

Au travail, tout n'était pas rose. Sur fond de réductions budgétaires au ministère, son patron devenait acariâtre, le reproche sans cesse à la bouche. Alors il courait, toujours plus, sautant parfois le souper avec Yolanda.

— Je dois évacuer mon stress, lui disait-il en avalant un *smoothie* protéiné couleur de boue des chemins.

En vérité, il se moquait de son travail. La route l'appelait.

— Reste avec moi, ce soir, lui avait demandé Yolanda, plusieurs fois, plongeant ses beaux yeux azur dans les siens.

Avait-il discerné un sanglot dans sa voix ?

Mais, au-delà des yeux de Yolanda, il ne voyait que l'asphalte de la piste et, en arrière-plan, le fleuve, ses canards, la ville au loin. Il percevait la clameur des montagnes russes du parc d'attractions, sur l'île, dont les cohortes rugissantes dans leur ascension et plus encore dans leur chute semblaient l'applaudir en champion à la ligne d'arrivée. Alors il courait plus encore.

Le deuxième été, Yolanda avait voulu l'accompagner dans ses marathons.

— *If you can't beat them, join them*, avait-elle plaisanté.

Il avait remarqué alors que son teint de blonde était plus pâle qu'avant. Elle avait maigri. Il avait contemplé sa silhouette diaphane, soupesant son potentiel de coureuse.

— Tu manques de masse musculaire, mais on peut essayer, avait-il lâché, avec une moue sceptique. Touche-moi, vois comme mes mollets sont durs.

Bien sûr, l'échec avait été total, comme il l'avait prédit. Elle ne parvenait pas plus à le suivre le long de la route asphaltée ou sur la piste du fleuve qu'un colimaçon ne rattrape une gazelle. Il alternait dorénavant ses circuits entre le matin et le soir, entre la grand-route secouée au passage des véhicules lourds et le trajet étroit de la piste le long du fleuve. Il lui arrivait même de courir la nuit. Yolanda avait vaillamment tenté de supporter les longs périples à pied, mais très vite, un point de côté la pliait en deux, et elle ralentissait, toussotant comme la dame aux camélias, avant de se laisser choir sur le bas-côté de la route.

— Allez, courage!

Il l'exhortait à continuer, la poussait. Mais il n'avait plus de patience, elle le freinait, sapait son moral de coureur, nuisait à son entraînement. C'était intolérable. Il lui fallait avancer. Courir encore.

Il faut dire qu'il participait déjà à de petits marathons dans la région et qu'il devait travailler encore plus fort. Il s'était bien classé dans un 20 kilomètres dans les Laurentides (Yolanda l'avait chaudement applaudi à la ligne d'arrivée) et avait même remporté un 10 kilomètres à Laval.

Mais ce qu'il visait, son rêve, c'était le marathon de Boston, comme il l'avait patiemment expliqué à Yolanda en lui tenant une main, qu'il avait trouvée molle, assis à côté d'elle sur le canapé.

Pour lui communiquer sa passion, il lui montrait sur YouTube les marathons des années antérieures, fixant sans relâche la foule dense de tous ces coureurs magnifiques, dont Yolanda disait seulement qu'ils semblaient sortir d'Auschwitz. Franchement!

— Je n'aime pas la course, j'arrête, lui avait-elle dit le soir même d'une voix plaintive.

Il avait cru voir des larmes dans ses yeux, mais les courbatures que l'entraînement intensif imposait à son corps l'avaient distrait des paroles de Yolanda. Il devait se tromper. Sûrement, ce n'était pas un drame. Beaucoup de couples ne partageaient pas les mêmes centres d'intérêt.

— C'est mieux comme ça, lui avait-il simplement répondu. Repose-toi en m'attendant.

Pourquoi avait-il alors lu la déception sur ses traits fins? Aujourd'hui encore, il ne comprenait pas bien. De toute façon, c'était beaucoup trop tard.

Elle l'avait attendu, seule dans la maison. Lui courait toujours plus. Toujours mieux. Il accumulait les victoires lors de courses locales et était devenu une véritable petite vedette des hebdos régionaux, auxquels il accordait des entrevues, essoufflé, sur la ligne d'arrivée.

— La discipline. La clé, c'est la discipline.

Un matin, au bureau, il s'était pris aux cheveux avec son chef de service.

— Vous ne misez pas sur votre travail! Votre tête est ailleurs! lui avait asséné John, peut-être à cause de ses longues absences du bureau le midi pour s'entraîner.

La tête devait suivre le corps, s'était-il alors dit, regardant par la fenêtre qui donnait sur le pont Jacques-Cartier et sur le fleuve au loin. En plissant les yeux, il pouvait presque apercevoir le tronçon de route qu'il parcourait soir et matin.

Lentement, il avait placé ses effets personnels dans un carton, y compris la photo de Yolanda, plus jeune de quelques années. Plus fraîche, plus souriante. Sans dire au revoir, presque en courant, il avait quitté le ministère des Transports. Pour toujours.

— Tu crois que c'est une bonne décision? lui avait demandé Yolanda d'une voix éteinte.

L'éclat dans ses yeux avait disparu. Elle semblait avoir encore maigri et se traînait entre son travail de puéricultrice et la maison. Pourquoi diable ne se prenait-elle pas en main? C'est ce qu'il s'était dit maintes fois avant de claquer la porte pour se ruer vers la piste.

— Trois, quatre, cinq, six…

Courir, manger l'asphalte, maintenir l'allure, respirer profondément. En plein contrôle. Il ressentait la seule vraie jouissance de sa vie, alors, en plein élan. Quel autre plaisir pouvait prétendre rivaliser avec la griserie de se sentir si aérien, si libre, comme prêt à décoller?

Un matin, alors qu'il rentrait de sa première course matinale, Yolanda, dans sa robe de chambre bleue, presque aussi pâle que sa complexion, lui avait tendu une enveloppe.

— C'est arrivé pour toi.

Il n'en revenait pas.

— C'est le marathon de Boston ! Mon inscription ! Tu te rends compte ! Une journée historique !

Il avait planté des baisers excités sur la joue morne de Yolanda.

— Tu vas venir avec moi, ce sera un week-end en amoureux. Hein, qu'en dis-tu ?

Les yeux pervenche s'étaient allumés.

— Tu crois ? avait-elle demandé avec espoir.

— J'en suis sûr, avait-il répondu en rêvant à la victoire.

— On pourra aller souper au No Name Restaurant, sur le port ? Comme il y a dix ans, tu t'en souviens ?

Il avait acquiescé et souri avec un peu de condescendance. Dieu savait qu'il n'était pas nostalgique de cette époque où il baignait dans la bienheureuse mollesse de son corps avachi. S'il avait rencontré l'homme qu'il était jadis, il lui aurait craché son mépris au visage.

◊ ◊ ◊

Ce week-end du grand marathon de Boston avait bien commencé. Même s'ils n'avaient guère d'argent depuis qu'il avait lâché son boulot, ils s'étaient payé le No Name, au déclin du jour. Dans la salle bondée de touristes, Yolanda avait lampé comme un petit chat son *chowder* fumant, que lui avait jugé trop riche, surtout à la veille du grand jour. Elle avait siroté d'un air joyeux un chardonnay qu'il avait refusé, se cantonnant aux bulles sans alcool et sans sucre, pour accompagner son *red snapper* grillé sur lit de quinoa.

— C'est tristounet, ton souper, mon chou, avait constaté Yolanda en dévorant son *cheesecake* aux fraises.

Lui avait eu hâte de rentrer pour dormir. Le No Name était si bruyant, et il devait se ressourcer pour le lendemain.

Sur la ligne de départ près du Common, le lendemain matin, la foule était impressionnante. « Effrayante », avait dit Yolanda, les yeux exorbités. Elle s'accrochait à son coude sous la fine pluie, mais lui ne voulait que sauter dans la mêlée, faire partie de l'histoire du plus vieux marathon annuel du monde. La tête lui tournait bien un peu, mais c'était de griserie. Imaginez : cinq cent mille spectateurs, hommes, femmes et enfants, venus l'applaudir en ce jour de congé des patriotes.

Il avait couru au sein de la multitude suante et haletante, fier de se sentir vivant, comme une parcelle de ce grand tout mouvant, multicolore et multiethnique.

— *One, two, three…*

— Un, deux, trois…

Les façades de briques hautaines défilaient, les applaudissements scandant ses foulées parfaites.

Il avait perdu de vue le temps qui filait, ne ressentait aucune fatigue malgré la distance et les heures qui s'envolaient. Il avait totalement oublié Yolanda.

Soudain, un bruit assourdissant avait retenti au loin, sur le parcours, mais à bonne distance de lui. On eût dit un coup de tonnerre… suivi d'un deuxième, là-bas, vers la ligne d'arrivée de Boylston Street. Des cris avaient monté, la panique avait saisi la foule. Des grappes fébriles et hurlantes d'humains avaient reflué vers lui, lui barrant la route. Faisant avorter le marathon. Tuant SA course.

Il n'avait retrouvé Yolanda que des heures plus tard, dans leur minuscule chambre d'hôtel au fin fond de Back Bay. Elle était en état de choc, tremblante comme une jeune biche aux abois. Elle lui était tombée dans les bras.

— Oh, chéri, j'ai tellement eu peur, je t'ai cru perdu ! Et tous ces pauvres gens ! C'est terrible !

Il s'était assis sur le couvre-lit pas très net, tandis que sur l'écran de la télé passaient des images sanglantes de l'attentat. La foule, les cris, le chaos. Se bouchant les oreilles, il avait baissé la tête, la laissant tomber jusqu'entre ses jambes. Il avait senti monter en lui de longs sanglots amers, enragés.

— Mon pauvre chéri !

Yolanda, éplorée, s'était précipitée pour l'enlacer. Il l'avait regardée avec haine, les yeux pleins d'eau, un rictus aux lèvres.

— Tu as eu peur, mon chéri ? Je suis là.

Les larmes avaient affleuré dans le regard bleu rendu translucide. Elle ne comprenait donc rien ! D'un ton rageur, il avait rétorqué :

— Ma course, ils m'ont volé ma course ! De quel droit, nom de Dieu ? C'était ma chance !

Yolanda avait eu un violent mouvement de recul. Et, là, il avait lu l'horreur dans ses yeux. Elle s'était éloignée lentement, son visage soudain dénué d'expression.

Dans l'autocar qui les avait ramenés vers Montréal, Yolanda était demeurée silencieuse. De toute façon, la rage qui bouillait en lui à cause de ce rendez-vous raté l'accaparait entièrement. De plus, cette route sillonnant les montagnes blanches était interminable. Il avait besoin de courir. Il aurait voulu faire éclater le ventre du bus comme ces deux terroristes avaient fait exploser la foule et partir à grandes foulées à flanc de montagne, le long des hauts pins noirs. Libre.

Leur maisonnette de Longueuil leur avait réservé un accueil sombre. Il s'en moquait, il devait sortir, courir, aller rejoindre l'asphalte bordant le fleuve. Ils avaient posé leurs valises sans échanger un mot. Lui s'était changé rapidement, dans leur chambre morte, et était reparti à la course.

— À plus !

Au retour, une valise manquait dans le vestibule. Yolanda n'était nulle part. Elle était sortie de sa vie, sans même laisser un mot d'explication. Qu'avait-il donc fait de si terrible ?

◊ ◊ ◊

Aujourd'hui, écrasé par la chaleur, il tentait de faire revivre les émotions que ce départ brutal avait pu faire naître en lui. En vain. Il se rappelait avoir haussé les épaules et s'être dit : « Ce n'est pas plus mal, je pourrai courir en paix. »

La solitude ne lui avait pas plus pesé que l'absence d'activité professionnelle. Ou que la baisse de son revenu. Il vivait de plus en plus chichement, sans en souffrir. Au fur et à mesure que son horizon de route s'allongeait (il ralliait sans forcer la Rive-Nord en ce troisième été), son univers domestique s'amenuisait, se réduisait au strict minimum. Il mangeait peu, juste assez, ne buvait pas, ne sortait pas, n'avait pas d'amis. Il avait coupé le téléphone et Internet. Ses vêtements se résumaient à des shorts et à des t-shirts l'été, à des survêtements en saison froide. Tout allait pour le mieux.

Finalement, il réalisait qu'il s'était remis plus péniblement du deuil du marathon de Boston que du départ de Yolanda. Quand il essayait d'évoquer ses traits, il ne percevait que du brouillard, que des étendues de route sans fin.

Mais il courait toujours, c'était devenu toute sa vie. Un jour, alors qu'il sortait de la douche au terme de son jogging de l'après-midi, il avait capté sur sa vieille télé, l'une de ses dernières possessions, des images du marathon de New York. Il avait eu une illumination. Il avait un nouveau but. Comment diable n'y avait-il pas pensé plus tôt ?

Dès lors, il n'avait plus eu de relâche. Il encaissait son aide sociale – son chômage était arrivé à son terme sans qu'il ait envoyé un seul CV –, payait sa propriétaire au vol, lançant presque le chèque dans la boîte aux lettres de la vieille folle, et s'entraînait comme un malade.

Puis, tout à coup, plusieurs matins de suite, il avait eu du mal à se tirer du lit. Ses jambes habituellement toujours prêtes à la course, compagnes dociles et dynamiques, ne suivaient pas. On les eût dites lestées de plomb, comme au premier jour de sa passion, non, pire encore.

La course, son amie, sa compagne, lui pesait soudain. Il en arrachait lors de ses foulées le long de la route. Ses membres inférieurs ralentissaient, renâclaient. On était en plein cœur de la chaleur terrible d'août, et il peinait le long de la route 132, progressant comme une fourmi malade sur l'asphalte en fusion. Au loin, la chaleur lui envoyait ses mirages.

Le lendemain, le lever avait été pire encore. Ses jambes étaient si engourdies qu'il ne les sentait plus. Il avait quand même couru, mais péniblement, cette fois sur la piste bordant le fleuve. Sous la chaleur du midi, la nature était étrange, silencieuse et comme morte. Sur son passage, nulle marmotte n'avait pointé son nez. C'était inhabituel. Dieu que ses jambes lui pesaient! Il devait consulter. Il lui fallait être en forme pour le marathon de New York! Soudain, il avait eu peur. S'il fallait qu'il perde l'usage de ses jambes, que la course lui soit désormais impossible!

Dans la salle d'attente beige de l'Hôpital Pierre-Boucher, des idées noires de fin du monde l'avaient hanté.

— Vous n'avez rien, absolument rien, mon ami, lui avait dit avec une bonne claque sur l'épaule le sympathique médecin d'origine haïtienne qui l'avait finalement reçu après six heures d'attente.

— Mais ces lourdeurs…

— Reposez-vous un peu. Et je vous vois bien maigre. Vous n'avez pas une once de gras! C'est bien d'être en forme, mais trop, c'est comme pas assez… Arrêtez un peu d'avaler l'asphalte. Sinon, il va finir par vous avaler, avait-il conclu avec un grand rire, découvrant une magnifique rangée de dents.

Se reposer? Comment aurait-il pu en être question, alors que se profilait le grand rendez-vous de New York? Il avait donc encore couru, comme un dératé, malgré cette lourdeur persistante et envahissante dans ses membres inférieurs, décuplée par la canicule accablante du mois d'août. Il se galvanisait au Red Bull et contrôlait la douleur en avalant des doses de cheval de Tylenol.

Il était désormais entièrement seul, fuyant le contact avec ses semblables. Seul le contexte du marathon lui rendait la foule tolérable.

Toute cette dernière semaine, il s'était traîné. Jusqu'à ce matin. Au saut du lit, il avait poussé un cri de joie. La lourdeur dans ses membres semblait moins intense, plus tolérable.

— Je vais t'avoir à l'usure, vieux corps désobéissant, avait-il dit à son reflet doré dans le miroir.

Il avait enfilé un short ultraléger, une camisole en tissu absorbant la sueur et avait rallié au petit trot la route 132, le long du bras de canal menant aux écluses.

— Piste ou route? avait-il demandé à ses jambes.

La langue étroite de la piste, caressant le fleuve, était invitante dans cette chaleur, trop peut-être. Il n'avait pu résister à la tentation de refuser la facilité. C'est ainsi qu'il avait choisi l'asphalte large de la 132.

C'était quelques heures plus tôt. Ça lui semblait un siècle auparavant. Il avait commencé à courir le long des voies rapides, vers l'ouest, dépassé par les automobiles et les camions.

— Deux, trois, quatre…

Au loin, la chaleur déjà intense montait en vagues de la chaussée qu'on eût dite incandescente.

Très vite, la lourdeur avait de nouveau saisi ses membres, mais il n'en avait cure. Il avait arraché chacune de ses foulées à l'asphalte, comme autant de victoires infimes, péniblement. Au fil des mètres parcourus, la course se faisait plus ardue, plus impossible. Quelque chose le freinait, le clouait au sol.

— Un…, deux…, trois…, quatre…

C'était comme si son corps ne lui appartenait plus. Une sensation bizarre, désagréable, comme s'il avait marché sur un *chewing-gum* géant qui collait à ses pieds. Mais avec la force du béton. Qui ne le lâchait pas. Il avait dû ralentir, s'arrêter. Il était immobilisé, ne pouvait plus bouger ! Il avait alors baissé les yeux et, un hurlement dans la gorge, il avait vu. Ses pieds avaient disparu ! Ou plutôt, ils avaient été avalés par une substance noire et gluante qui semblait animée d'une vie propre et qui montait sur lui, le long de ses jambes, l'agrippant de ses serres collantes.

Terrifié, il s'était penché et avait touché avec horreur la matière gluante, qui déjà prenait ses hanches d'assaut. De l'asphalte? Il avait crié. Au loin, des camions passaient sans le voir en faisant trembler la route, le faisant vibrer en même temps. Car, au fil des minutes, des secondes, l'asphalte gagnait du terrain, montait sur son tronc, son torse. Il se moulait sur son corps, se lovait dans chaque interstice de sa peau, plaquait sur ses cheveux un casque de bitume, rampait vers sa bouche, ses narines. Oh, cette odeur âcre, acide, envahissante!

— Au secours! À l'aide!

Personne ne l'entendait. Il était seul.

Il s'était débattu encore un peu contre la glu noire, plus forte que tout. Ses bras avaient entièrement disparu, figés dans l'asphalte. Il avait encore eu le temps de hurler une dernière fois avant que la route l'abatte, le saisisse, que la matière noire, l'enveloppant d'un linceul chaud et visqueux, l'avale et que la route l'intègre à sa surface plane.

L'asphalte l'avait capturé. Il était désormais prisonnier de la route, qu'il avait tant foulée. Condamné à contempler le ciel d'été. Un ciel du même bleu que les yeux de Yolanda.

Après plus de vingt ans en journalisme, Florence Meney assure maintenant les relations médias à l'Institut Douglas. Elle a publié trois essais, deux romans. Un troisième est à

*paraître en 2015. Voulant se donner l'illusion d'être une
athlète, elle court avec ses chiens le long du fleuve, comme
le héros de sa nouvelle.*

ERRANCES

So many times you want to give up, but you cannot.
That's what ultrarunning is all about.
That's what life is all about.
DAVID HORTON

Parfois, je me demande s'il y a quelque chose de purement égoïste à courir comme je le fais. De longues heures. Sans arrêt. Sur des distances de plus en plus grandes. Sans penser à rien. À rien d'autre qu'à avancer. Parfois par à-coups. Avancer comme on peut.

Penser à soi et avancer.

Ce n'est pas toujours facile de garder l'équilibre. De ne pas devenir fou avec ça. De ne pas rendre fous les gens autour de moi.

Savoir garder l'équilibre. La bonne humeur. Le sourire.

Je ne cours pas pour un temps quelconque. Pas lors d'un ultramarathon du moins. Bien entendu, je me fixe des objectifs. J'espère atteindre certains buts. Mais l'important n'est pas là. L'essentiel n'est pas là. Je n'aspire à aucune gloire. Le contraire serait bête de ma part puisque je ne suis pas particulièrement doué comme coureur.

Je cours avant tout pour moi. Pour moi seul. Pour à la fois, bizarrement, me détruire et me rebâtir.

Les ultramarathons nourrissent le solitaire que je suis, qui lui se nourrit des ultramarathons.

D'où l'égoïsme, peut-être. L'égoïsme du coureur sans fin…

◊ ◊ ◊

On appelle « ultramarathon » toute distance qui dépasse les fameux 42,2 kilomètres du sacro-saint marathon. D'une manière générale, les distances officielles sont le 50K (50 km), le 50 miles (80 km), le 100K (100 km) et le Roi des Rois, le 100 miles (160 km). On trouve aussi, dans une moindre mesure, des courses de 60 à 65 kilomètres et d'autres de 135 miles (le Badwater 135 notamment, considéré comme l'un des ultramarathons les plus durs et exigeants, qui a lieu chaque mois de juillet dans la chaleur infernale de la Death Valley, aux États-Unis[1]).

Et il y a les courses plus longues. Beaucoup plus longues. Tout cela, toute cette folie de courir « éternellement » et de repousser ses limites au-delà de la ligne d'horizon semble infinie…

---

1. Pour d'obscures raisons, la direction du Death Valley National Park refusera la tenue de l'événement en juillet 2014, une première en vingt-sept années d'existence.

Beaucoup de ces courses ont lieu en forêt ou en montagne, sur des terrains accidentés, abrupts et implacables. Certaines se font sur route, ce qui ne les rend pas moins difficiles. D'autres encore sur des pistes ovales de 200 ou de 400 mètres – imaginez un instant courir en rond sur une piste pendant six heures, douze heures, vingt-quatre heures, quarante-huit heures… Vous vous sentez bien? Est-ce que juste y penser vous étourdit?

On trouve des ultramarathons de toutes les formes partout dans le monde. Au Japon, au Mexique, en Alaska. Au Québec, le nombre d'événements dépassant les 50 kilomètres va en grandissant et c'est parfait comme ça. En Europe, l'Ultra-Trail du Mont-Blanc (UTMB) passe par la France, la Suisse et l'Italie, pour un total de 168 kilomètres et 9 600 mètres de dénivelés positifs – un temps limite de quarante-six heures est accordé pour terminer l'épreuve.

Car, bien sûr, même si on ne court pas pour un temps, le temps, comme pour toutes choses, est compté…

◊ ◊ ◊

En ce qui me concerne, j'aime les 100 miles. J'aime les courir. C'est cette distance que j'affectionne le plus. Celle qui me convient le mieux.

Qui me fait vibrer. Aussi étrange et ridicule que ça puisse paraître.

Courir 100 miles! Et aimer ça! C'est pas un peu dingue?

Oui. Peut-être.

Et alors?

Il y a toujours un instant de flottement lorsqu'on me demande en combien de *jours* je dois faire ces 160 kilomètres.

De *jours*?

Idéalement...

Idéalement, en moins d'une journée. Bien entendu, plusieurs facteurs entrent en ligne de compte : le terrain, la température, l'entraînement, l'alimentation, etc. Si certaines épreuves demandent un effort et un engagement si importants qu'il est quasi impossible, même pour les coureurs d'élite, de les terminer en moins de vingt-quatre heures, pour d'autres courses, c'est tout à fait faisable.

◊ ◊ ◊

Mais pourquoi?

Pourquoi je fais ça? Il arrive que je me pose la question. À voix haute dans les moments creux. Dans ces moments où la course, le parcours, les heures passées et les kilomètres avalés déchirent littéralement le corps et l'âme.

Oui. Déchirent. Littéralement. Le corps et l'âme.

Les longues heures lentes du mort-vivant qui court...

Zombie Apocalypse of Ultrarunning.

Un *band rock* de la mort qui joue grave dans la tête...

Il arrive un moment où les jambes, les muscles et les os n'en peuvent plus. Il arrive que la fatigue et l'épuisement soient si profonds que l'on titube en courant, exténué, à moitié assoupi sur le chemin du retour qui s'éternise. S'éternise. S'éternise... Ces moments d'une étrange violence où l'on souhaiterait tout abandonner, où certaines parties de notre corps semblent écorchées, où même notre âme semble en lambeaux et où la nuit est si noire que l'on croirait le jour endormi pour de bon.

Ces moments d'une beauté crue. Comme cruelle.

Oui. Il arrive que je me pose la question.

Et que je me dise aussi : « PLUS JA-MAIS. »

Plus jamais...

Un fichu de beau mensonge puisque, tant que je serai en vie, il y aura des lendemains...

◊ ◊ ◊

Je me dis : « Pourquoi pourquoi pourquoi ? »

Puis : « Plus jamais plus jamais plus jamais. »
Ce qui au bout du compte me fait sourire.
Comme un foutu clown au sortir de l'enfer.

◊ ◊ ◊

Au départ, on a le cœur nerveux, fébrile. Chaque fois, on est en territoire inconnu sur la ligne de départ d'un 100 miles. Tout peut se produire. Tout peut arriver. Le meilleur comme le pire. L'ordinaire comme l'extraordinaire. On est anxieux – et aussi brûlant – de l'aventure qui s'annonce.

Habituellement, les premiers kilomètres se courent à l'aube, souvent avec une lampe frontale, avant même les premières lueurs du jour.

On retient le cheval intérieur, lâchant la bride à l'occasion. Après 10 kilomètres, tout va bien. Et après 20. Et après 30. On se réchauffe. Le sourire est relativement facile, le rythme est bon. Les heures passent sans trop forcer.

L'aventure brille encore de tous ses feux.

Courir 160 kilomètres, c'est l'équivalent de près de quatre marathons. Après les premiers 42,2 kilomètres, les choses peuvent commencer à se corser. De façon plutôt sérieuse. On prend alors conscience des petites douleurs, des petits bobos qui se pointent. Aux stations d'aide, on fait les ajustements nécessaires. On se nourrit. On s'hydrate. On rigole encore – ce qui est plutôt un bon signe.

Mais certains, déjà, tombent au combat…

◊ ◊ ◊

J'ai abandonné. Deux fois. Deux fois la même course, le même parcours. Le Virgil Crest 100, dans l'État de New York. Un rigolo d'ultra, celui-là. Un qui passe sous le radar, mais qui est un dur de dur. Je l'ai abandonné deux fois, croyant être trop blessé, trop crevé pour poursuivre. Je l'ai abandonné en croyant trop ceci ou pas assez cela.

Je l'ai surtout abandonné parce que ma tête cherchait refuge ailleurs que dans l'instant présent.

Je l'ai abandonné parce que ma tête n'y croyait plus et que mon cœur ne voulait plus y croire…

C'est un fait qu'on abandonne avant tout lorsqu'on cesse d'y croire. On abandonne lorsque nos rêves s'effritent, lorsque notre esprit renie sa force. Notre corps peut accomplir beaucoup plus que ce que l'on croit. Mais si notre esprit s'y refuse, s'il s'englue dans sa propre bouette, notre corps choisira la facilité, l'image mentale d'une douche chaude, du confort douillet d'un lit. Et l'esprit se satisfera d'un repas épicé et d'une bonne bière fraîche.

Ce n'est que le lendemain que notre esprit, honteux pour sûr, saura qu'il a mèrdé.

Notre esprit merde lorsque l'on cesse de croire en nous, et c'est alors qu'on abandonne.

Lorsque l'on compte les heures qui restent à parcourir et que le nombre semble au-dessus de nos forces.

Notre corps aura beau être en acier trempé, si notre esprit se projette vers l'avant, il ne vaut rien. Il n'excelle que dans l'instant présent.

Et courir un ultramarathon est une succession plus ou moins rapide d'instants présents.

◊ ◊ ◊

J'aimerais affirmer que je n'abandonnerai plus jamais. Ni en courant. Ni dans la vie. Mais, encore là, je fais de la projection.

Je dois penser à l'instant présent…

J'essaie d'apprendre.

Voilà tout.

◊ ◊ ◊

Je parlais de sourire.

Avant de m'égarer dans l'abandon.

J'ai compris une chose : plus je souris en courant, ou plus je m'efforce de sourire, plus je me sens bien, fort, plus je me sens solide. Même dans les moments de doute, dans ces creux vertigineux qui veulent nous faire sombrer, nous couper les

jambes. J'ai compris avec le recul que mes mau-
vaises courses ont toujours eu lieu quand le sourire ne me venait plus, quand je me prenais trop au
sérieux, trop désireux peut-être d'épater la galerie
(pourquoi donc et quelle foutue galerie?). Je perds
toujours le sourire quand je me prends pour ce
que je ne suis pas – « Grand champion interna-
tional de course », chanteraient en riant les Trois
Accords. Je perds toujours le sourire quand j'essaie de m'en faire accroire.

Courir un ultramarathon est une épreuve
d'humilité.

◇ ◇ ◇

Je l'ai déjà dit, je ne me considère pas comme
un coureur très doué. Je ne suis pas rapide. Disons,
pas particulièrement rapide. En tout cas, pas naturellement rapide. J'ai de l'endurance, oui. Et cette
tête de cochon dont me parlait ma mère lorsque
j'étais plus petit. Ce qui n'est pas toujours un com-
pliment, mais qui est, au demeurant, une assez
bonne qualité pour pouvoir courir longtemps. En
dehors de ça, je ne crois pas avoir une foulée très
efficace, même si je tends à l'améliorer. Si j'ai une
certaine facilité à me laisser aller lors des descentes
techniques, j'en arrache un peu trop lors des longues montées abruptes. La chèvre de montagne
en moi n'est pas très présente… Mais, encore là,

je l'améliore, je la nourris bien. Je termine certains parcours qui m'auraient littéralement mis à genoux il y a quatre ou cinq ans.

À genoux, en pleurant du sang… (Une blague, ici.)

Mais je sais sourire en courant un ultra. Et, lorsque je le fais, le peu de talent que j'ai semble vouloir faire surface.

Je note donc : sourire. Peu importe la course. Avec force.

◊ ◊ ◊

J'ai couru le Vermont 100 trois fois. Le Massanutten 100 une fois. Mes deux tentatives ratées au Virgil Crest se sont soldées par 80 et 100 kilomètres sur les 160 prévus. J'ai quelques 50 miles dans les jambes, plusieurs 50K et une bonne demi-douzaine de marathons (je ne comptabiliserai pas mes heures d'entraînement, ce serait trop long).

Je n'ai pas l'intention d'arrêter. Pas de sitôt, en fait. Je me vois bien courir jusqu'à ce que je n'y arrive plus. Courir jusqu'à devenir le vieux loup de la meute. Celui qui boite à l'effort mais qui continue d'avancer. Celui qui ferme la course tout en se permettant une petite sieste ici et là.

Ça me plaira bien, je crois, être un vieux loup… Dans longtemps.

D'aussi loin que je me souvienne, j'ai toujours un peu couru. Même plus jeune. Je me rappelle très bien avoir déjà rêvé de longues distances, à une époque où je ne devais probablement pas savoir combien de kilomètres il y a dans un marathon. Je me rappelle m'être levé très tôt un matin, alors que je devais avoir dix ou onze ans, après avoir vu le film *Rocky* pour la première fois, et avoir couru à l'aube le ventre rempli d'œufs crus. Ç'a duré quelques jours. Puis je suis passé à autre chose. La vie m'a amené ailleurs. On prend le chemin que l'on a à prendre, j'imagine. Sur certains aspects, je ne me suis pas ménagé. Mais je n'ai pas de regrets. J'ai toujours pensé que les regrets entretiennent la mort de l'âme.

Pas de regrets.

L'esprit, lorsqu'il se tourne trop vers l'arrière, ne vaut pas mieux que lorsqu'il se projette trop vers l'avant.

Pas de regrets ?

Peut-être un, petit : celui de ne pas avoir été constant dès le début, d'avoir attendu la quarantaine pour prendre la course d'endurance à bras-le-corps.

Mais les choses sont ce qu'elles sont.

Je sais que je m'égare un peu, que je divague. On court rarement en ligne droite. Je me laisse errer en écrivant. Comme en courant.

Je pense à la course, bien sûr. À la distance que je ferai demain matin. Au temps glacial qu'il fera (nous sommes en janvier et le froid est mordant ces temps-ci, il ne nous ménage guère). J'envisage ma saison à venir. Les nouveaux défis qui se profilent à l'horizon.

Et je me pose encore une fois la question.

Pourquoi?

…

Il n'y a pas de réponse.

Il y en a mille.

Dans les moments creux, douloureux, dans ces moments de doute évoqués plus haut, voilà la seule réponse que j'aie trouvée, que je me sois donnée.

Pourquoi?

Parce que. Parce que tu es là. Et parce que tu as choisi d'y être. Parce que c'est la seule foutue liberté totale que tu puisses avoir. Tout ce qu'il faut faire, c'est avancer. Mettre un pied devant l'autre et avancer. En courant. En marchant. En rampant si c'est tout ce qu'il te reste, si c'est tout ce dont tu es capable[2]. Mais je t'en prie, avance! N'arrête

_____

2. J'emprunte ce passage et cette phrase, en les retravaillant un peu. J'ai lu quelque chose de semblable dans un bouquin de Dean Karnazes, un ultra-marathonien américain. Et la phrase comme telle serait de Martin Luther King, semble-t-il. Ce n'est pas moi qui l'ai inventée.

pas! C'est la nuit et je sais qu'elle te semble infinie. Accroche-toi. Ne pense pas aux heures qu'il reste avant de revoir le jour, avant de franchir cette damnée ligne d'arrivée. Ne pense pas à ça. Tout viendra bien assez vite, malgré ce que tu en penses en ce moment. Et tout sera à refaire, n'est-ce pas ? Après, quand ce sera terminé, tu sais très bien que tout sera à recommencer. C'est ce dont tu auras envie, enfoiré ! Ne pense donc pas aux heures qu'il reste et consacre chacune de tes secondes à l'instant que tu vis.

Consacre chacune de tes secondes à vivre.

À avancer.

À sourire.

À courir encore et encore.

Et, toujours, à avancer.

À vivre.

◊ ◊ ◊

C'est l'aventure qui m'intéresse. C'est aussi pour cette raison que je cours des ultramarathons. C'est une aventure qui me confronte sans cesse, à chaque instant, à moi-même. À ce que je suis capable de supporter, d'endurer. Qui me montre avec quelle force je peux me relever et combien de fois je peux le faire. Qui me met aussi face à mes failles, à mes faiblesses, à mes peurs et à mes lâchetés. Il peut se passer toute une vie lorsque l'on court

160 kilomètres en une journée. On passe d'un état à l'autre en un rien de temps. Rire, pleurer, rager. Espérer, rêver. Renaître. On peut penser mourir ou même *vouloir* mourir pour en finir au plus vite. On croit être sur le point de tomber en ruine et, pendant les 10 kilomètres suivants, on court comme si les chiens étaient lâchés après nous, plus rapidement qu'on ne l'a jamais fait.

Ce genre d'aventure m'intéresse. Car j'aime croire à ce qui semble impossible.

◊ ◊ ◊

J'ai lu une phrase sur les 100 miles dans le magazine *Ultrarunning* il y a quatre ou cinq ans :

Prepare for the worst, hope for the best.

En effet. Tout est là, dans ces quelques mots :

« Prépare-toi au pire, espère le meilleur. »

Ainsi en est-il de la vie. D'une manière générale.

Il faut savoir plier, ne pas casser. Résister aux tempêtes de toutes ses forces. Courir un ultramarathon ressemble à ça. On sait qu'on va en prendre plein la gueule, plein les jambes. On sait que, tôt ou tard, nos os se mettront à hurler. Que notre

cœur (notre volonté) prêt à flancher apprivoi-
sera peut-être la mort, s'en approchera un peu.
Mais il faut aussi savoir que le bleu du ciel finira
par se pointer à nouveau. Que l'horizon prendra
des teintes de feu, même dans la grisaille ou au
beau milieu de la nuit, lorsque la ligne d'arrivée ne sera plus qu'à une dizaine d'enjambées.
Lorsque la fin de ceci nous portera vers le commencement d'autre chose. À ce moment-là, il n'y
aura pas de plus sauvage, lumineuse et violente
beauté.

Et tout cela, après ce si long, ce si brutal
voyage, ne durera qu'une poignée de secondes…

◊ ◊ ◊

Oui. Je suis conscient du côté égoïste qu'il y a
à courir comme je le fais.

J'essaie, je tente de ne pas l'imposer aux miens,
à ma famille, à ma blonde, à mes filles. Je n'y arrive
pas toujours. Les longues heures à courir, la mauvaise humeur qui en découle à l'occasion. L'in-
somnie parce que je me suis trop entraîné. Ou
pas assez. L'impatience. Les week-ends sacrifiés…
Je l'ai dit : il faut arriver à trouver et, surtout, à
conserver l'équilibre. Ce n'est pas toujours facile,
mais je m'y emploie de mon mieux. Lorsque je
vois ma blonde se lever à 5 heures du matin pour
attaquer le tapis roulant avant sa journée de travail,

lorsque je vois mes trois filles se mettre à courir à leur tour, je me dis que ce n'est pas si mal, au fond. Que si au moins j'allume une petite flamme en elles, c'est plutôt bon.

Je cours pour moi, c'est entendu. Pour moi seul, la plupart du temps. Mais aussi, il est vrai, pour mes filles. J'espère leur donner le goût du dépassement de soi. L'envie d'aller plus loin. Toujours plus loin. En courant ou d'une autre façon. Pas pour épater les autres. Simplement pour s'épater elles-mêmes. Oui.

◊ ◊ ◊

Suis-je un meilleur homme parce que je cours? Je ne sais pas…

Je ne sais pas si la course d'ultra-longue distance fait de moi une meilleure personne. Mais j'aime à le croire.

Courir nous apprend, jour après jour, beau temps mauvais temps, à sortir le meilleur de nous-même. Peu importe la distance.

Peu importe le niveau.

Qu'on soit débutant, vétéran ou expérimenté, ça n'a aucune espèce d'importance.

J'admire les coureurs, les coureuses. Pour le geste, pour le mouvement, pour l'abandon, pour la persévérance.

Pour la beauté qu'ils et elles dégagent.

Pour leur volonté farouche d'aller au bout de quelque chose qui ne cessera jamais, quelque chose qui sera toujours à recommencer…

◊ ◊ ◊

Courir des ultramarathons me demande de pousser mon corps un peu plus loin que pour les autres distances.

Dans l'effort, dans la douleur, dans l'abandon des repères et du temps, courir des ultramarathons me rend plus… humain.

Il me semble.

Découvert dans la série jeunesse Zap *sur les ondes de Télé-Québec au début des années 1990, Patrice Godin est un comédien connu pour ses rôles télévisuels dans* Diva, La Vie, la vie, Providence, La Galère, Le 7ᵉ Round, Destinées *et* La Marraine. *Au théâtre, il s'est démarqué entre autres dans* Le Cid, *de Corneille, et dans la création du* Chemin des Passes-Dangereuses, *de Michel-Marc Bouchard, ainsi que de* Mambo Italiano. *Au cinéma, il a participé à* Rédemption, *de Joël Gauthier. Dans le milieu de la course, il est connu pour sa participation à des ultramarathons.*

Suivez les Éditions Stanké sur le Web :
www.edstanke.com

Cet ouvrage a été composé en Adobe Garamond
Pro 12/15 et achevé d'imprimer en août 2014 sur
les presses de Marquis imprimeur, Québec, Canada.

certifié   procédé sans   100 % post-   archives   énergie biogaz
                  chlore   consommation   permanentes

Imprimé sur du papier 100 % postconsommation, traité
sans chlore, accrédité Éco-Logo et fait à partir de biogaz.